KB059701

당신은 제법
쓸 만한 사람

당신은

제법 쓸 만한

사람

김민섭 지음

북바이북

좋은 사람이
되기 위하여

고등학생이었던 2001년의 나는 대학 입시 자기소개서를 쓰면서 마지막 줄에 다음과 같이 적었다. "글을 써서 밥을 먹고 살 수 있으면 좋겠습니다." 그때의 나는 문학청년 비슷한 무엇이었을 것이다. 신춘문예라든가 하는 공모전을 통해 등단 작가가 되는 것이 인생의 가장 큰 목표였다. 대학교수들이 그 문장을 좋게 봐주었는지는 모르겠지만 나는 국어국문학과에 입학해서 문학을 공부하기 시작했다.

그러는 동안 글을 쓰는 일은 공인받은 작가만이 할 수 있는 것이라고, 그들만이 해야 하는 것이라고 굳게 믿었다. 누구나 작가가 될 수 있다고 상상해본 일도 없었다. 논문이라는 글쓰기를 석사와 박사만이 할 수 있는 것처럼, 문학으로서의 글쓰기는 제도를 통해 등단한 사람들의 전유물이어야 했다. 그 시기의 내가 공모전에서 입상했더라면 어떤 사람이 되었을까. 그 믿음을 바탕으로 많은 사람들에게 상처를 주었을 것이다. 다행히 그러한 깜냥이나 열정을 갖추지 못한 덕분에 못난 꿈만 꾸는 데 그쳤다. 대신 대학에서 문학을 연구해 교수가 되겠다는, 더욱 못난 꿈을 꾸기 시작했다.

대학에서는 『나는 지방대 시간강사다』(은행나무)라는 글을 쓰면서 나왔다. 정규직 교수라는 꿈에서 멀어진 것은 역시 나의 부족함 때문이겠으나, 계속 대학에 머물러 있었더라면 비슷한 무엇이 될 기회는 몇 번 있었을지 모르겠다. 그러나 대학 바깥에도 강의실과 연구실이 있을 것이라는, 내가 마음먹기에 따라 누구든 나의 지도교수가 될 수 있을 것이라는 믿음이 생긴 어느 날, 나는 대학에서 스스로 나왔다. 새로운 (직)업은 정해져 있었다. '작가'였다. 사실 원래의 나였다면 나를 작가로 규정해서는 안 되었다. 여전히 그 어떤 공모전에서도 입상하지 못하고 있었기 때문이다.

그러나 나는 '쓰는 사람'으로서 살아가고자 했고 타인이 공인해주지 않아도 괜찮다고, 스스로를 작가라고 규정하기로 했다. 지금의 나는 '쓰는 사람은 누구나 작가'라고 믿는다. "저도 작가가 될 수 있나요?" 하는 질문을 받으면 나는 그에게 "혹시 지금 쓰고 계신가요?" 하고 묻고 그가 그렇다고 답하면 "그럼 이미 작가이십니다" 하고 답한다. 이러한 변화는 대학에서 나오는 과정에서 일어난 것이다.

나는 나의 몸에 새겨진 글을 발견하고 옮겨 적으면서, 이전과는 다른 삶의 태도를 가지게 됐다. '몸에 새겨지다'라는 표현은 무척 모호하지만, 개인이 공부하고 경험한 모든 것이 글쓰기의 소재가 될 수 있다는 의미다. 누군가는 연구실에서 1차 자료를 탐독하면서 공부한 것들을 쓰고, 누군가는 여행을 다니면서 경험한 것들을 쓰고, 누군가는 일상을 버티어내면서 체득한 것들을 쓴다. 대학에 존재하는 동안 나의 몸에도 차곡차곡 나를 규정할 만한 단어와 문장 들이 채워졌다. 글을 쓴다는 것은 머리뿐 아니라 그렇게 몸에 새겨진 글을 발견하고 옮겨 적는 일이다. 그런데 같은 시대를 살아가며 비슷한 공부를 하고 경험을 하더라도 저마다의 글쓰기는 다르다. 글은 개인이라는 각자의 필터를 통해 탄생하게 된다. 그 세계에서 그만이 길어 올릴 수 있는 언어들이 반드시 있기 마련이다. 그 언어를 발견하고 글을 쓸 때, 그는 비로소 고유한 작가가 된다.

그러나 모든 쓰는 사람이 작가가 될 수는 없다. 작가가 된다는 것은 결국 자신의 언어를 가지고 있는가, 그렇지 않은가 하는 데서 결정된다. 조금 더 정교하게 말하자면 '자신의 언어를 가지고 있는 모든 사람'은 작가다.

이 책을 쓰는 까닭은, 모두가 작가가 되어야 한다고 믿기 때문이다. 나는 내가 사랑하는 모든 이들과 내 주변의 모든 이들이 작가가 되고 그에 더해 편집자이자 출판사의 대표가 되기를 바란다. 그때 그들은 비로소 '두려운 사람'이 될 수 있다. 자본을 많이 가진 사람, 타인에게 위해를 가할 수 있는 사람, 권력을 가진 사람들은 두렵다. 그러나 자신의 언어를 가진 사람만큼 두려운 사람은 없다. 글을 쓰고 있다는 사실은, 그가 입과 손가락을 가진 존중할 만한 한 개인으로 살아가고 있다는 사실을 타인에게 가장 효과적으로 전한다.

언젠가 『삼파장 형광등 아래서』(정미소)라는 책을 쓴 고등학생 노정석 작가에게 "책을 내고 무엇이 가장 달라졌나요?" 하고 묻자 그는 "선생님들이 저를 조금 어려워하시는 것 같아요" 하고 답했다. 교사와 학생, 가르치는 사람과 배우는 사람, 평가하는 사람과 평가받는 사람 그 사이에는 필연적으로 위계가 만들어진다. 그런데 일방적으로 평가받아야 할 사람이 그 순간을 기록하고 있다면, 그래서 평가하는 사람이 자신 역시 평가의 대상이 될 수 있음을 감각하고 나면, 그 순간 관계의 역전이 일어난다. 그 학생은 세계의 기록자로서 교사와 동등한 타인이 된다.

노정석 작가는 학교 자습실의 삼파장 형광등 아래에서 300여 편의 일기와, 시와, 에세이를 썼다. 그것을 카카오 브런치북 공모전에 냈고 고등학생 최초로 대상을 받았다. 그가 무언가 쓰고 있다는 사실을 친구와 교사 들은 잘 몰랐다. 그러나 그 글이 타인에게 인정받고 책으로 출간되고부터 그는 두려운 사람이 되었다. 그와 관계된 모두가 그의 서사의 등장인물이 되어 있었던 것이다. 타인의 세계 안에서 타인의 언어로 자신이 규정될 수 있다는 두려움은, 모두에게 그 앞에서 조금 더 '좋은 사람'이 되어야겠다고 다짐하게 해준다.

반드시 책을 출간하거나 어느 매체에 글을 정기적으로 연재하지 않더라도, 페이스북이나 인스타그램 등에 꾸준히 글을 쓰는 사람 역시 두려움을 준다. 그의 팔로어(구독자) 수가 많다면 더욱 그렇다. 나는 작은 음식점에 갈 때마다 그 주인들이 꼭 글을 쓰면 좋겠다고 생각한다. 그러면 어떤 손님도 그들을 함부로 대하지 못할 것 같아서다. 단순히 인스타그램에 식당의 멋진 모습을 사진으로 올리는 데 그치는 것이 아니라 식당에서 어떤 일이 있었는지, 오늘은 음식을 어떻게 만들었는지, 어느 손님과 무슨 일이 있었는지 하는 글들을 쓰는 것이 중요하다. 음식점을 찾는 손님들, 특히 '인플루언서'나 '파워블로거'로 불리고 있는 이들이라면 더욱 그 식당의 모든 것을 평가하려고 한다. 사실 누구보다도 자신이 가진 권력을 잘 인식하고 있는 이들이다. 우리는 그들에게 그들 역시 평가받을 수 있는 대상이라는 사실을 알려주어야 한다. 그래서 작가가 된다는 건 타인에게 내가 존중받을 만한 개인임을 자각하게 하는 일이다.

작가가 된다는 건 스스로에게도 좋은 사람이 되어야 함을 자각하게 만들어주는 일이다. 자신을 기록하는 동안 '나라는 타인'이 어떻게 살아왔는가를 돌아볼 수 있게 된다. 결국 자신의 몸에 새겨진 글들을 발견하지 않으면 나는 영원히 알 수 없는 가장 먼 타인으로 남게 될 수밖에 없다. 가장 먼저 알아야 할 것은 자기 자신이다. 그 이후에 비로소 타인들의 모습도 이전과 다른 지평에서 눈에 들어오게 된다. 그때 사람은 자신의 세계에서 나와 더 큰 세계로 나아갈 수 있고, 개인의 고백이라는 작은 단계에서 한 발 나아가 이 세계를 변화시킬 수 있게 되는 것이다.

나는 중학생 시절, 좋아하는 여학생의 부탁으로 천리안 게시판에 판타지 소설을 올리면서 글쓰기를 시작했다. 그와는 잠시 사귀다가 고등학교에 진학하며 멀어졌지만, 이후에도 나는 천리안의 유머 게시판에 일기를 쓰고 소설을 연재했다.

꾸준히 쓰던 어느 날 출간 제안이 왔고 그것을 『831019 여비』라는 에세이집으로 출간했다. 고등학생 시절의 내 별명은 그래서 '작가'였다. 친구들에게 신춘문예에 등단하기 전까지는 작가가 아니라고 정정해주면서도, 그저 기분이 좋았다. 그 글이 부끄러워서 누구에게도 이야기하지 않았으나 어느 친구가 "이것도 김민섭이 쓴 책입니다" 하고 온라인 서점에 제보해서, 그때부터 관련 서적으로 함께 검색된다. 세상에서 가장 부끄러운 글이 있다면 내가 쓴 석사 학위 논문과 함께 이 에세이집이다. 『831019 여비』는 절판되어서 이제 구할 수는 없지만 중고가 올라올 때마다 내가 구매하고 있다. 그래도 그 이후 문학을 연구하고, 논문을 쓰고, 김동식과 문화류씨라는 작가를 만나 그들의 책을 기획하고, 출판사를 만들어 타인의 책을 내고, 여전히 글을 쓰고 있는 바탕에는 그러한 경험들이 모두 함께하고 있다.

나는 현재 글을 쓰고(작가), 책을 만들고(출판기획자, 1인 출판사 대표), 책을 파는 일(서점 대표)을 하면서 살아가고 있다. 이 책에서는 그 과정을 돌아보면서, 내가 글을 쓰는 방법에 대해, 책을 기획하고 만드는 방식에 대해, 그러면서 바뀐 나의 삶의 태도에 대해서도 전하려고 한다. 고작 몇 권의 책을 만들고서는 이런 글을 쓴다는 것이 몹시 민망하기도 하지만, 그렇게 지낸 스스로의 시간을 기록해보고 다시 앞으로 나아가려 한다. 글쓰기를 망설이는 이들에게, 자신의 글을 출간하고 싶지만 그 방법을 모르는 이들에게, 재미있는 글을 발견하고 싶지만 어디로 가야 할지 모르는 이들에게, 이 책이 작은 도움이 되기를 바란다.

무엇보다도, 나는 책을 쓰는 일이 궁극적으로 한 개인을 '좋은 사람'으로 만드는 가장 좋은 방법이라고 믿는다. 이 글을 읽을 당신과 함께 좋은 사람이 되고 싶다.

차례

01

최초의
온라인 글쓰기
평범한 고등학생의 기록 (1)

당시에는 별것 아닌 작은 일이 한 시절을 지나 한 개인의 인생에 큰 영향을 미쳤음을 알게 되는 때가 있다. 나에게는 중학생 시절 길거리에서 받은 '천리안 3개월 무료 이용권'이 그랬다. 그게 아니었더라도 어떻게 돌고 돌아 글을 쓰고 책을 만드는 지금의 자리로 왔을지도 모르겠지만, 분명히 지금과는 다소 다른 삶을 살고 있었을 것이다. 나의 글쓰기와 읽기는 사실 그때부터 시작되었다.

읽는 사람에서 쓰는 사람으로

PC통신은 열여섯 나의 인생에서 가장 설레는 경험이었다. 접속할 때마다 울리는 "띠디디디-띠이-" 하는 스타카토 같은 기계음이 중학생의 감정을 한껏 고조시켰다. 사실 그건 "이제부터 당신은 전화를 받을 수 없고 전화비도 많이 나올 겁니다" 하고 통역되어야 맞겠지만, 밤이 되면 어차피 전화가 오지 않을 테니까, 나는 밤마다 컴퓨터의 모뎀 선을 몰래 이어 천리안에 접속했다. 1990년대 후반의 늦은 밤에는 많은 집의 전화가 통화 중이었을 것이다. 나는 14.4Kbps의 속도로 채팅방이라든가 자료실이라든가 이런저런 게시판을 유영했다.

가장 많은 시간을 보낸 곳은 '유머 게시판'이었다. 그때는 웹툰이라는 개념조차 없을 때였고 저화질의 사진 한 장을 내려받는 데도 한참이 걸렸다. 이미지가 아니라 텍스트 기반으로 무엇을 할 수밖에 없는 환경이었다. 나는 채팅방에서 텍스트를 주고받고 게시판에서 텍스트를 읽고 쓰거나 했다. 소설이나 에세이 등을 올리는 문학 게시판이 따로 있었는지는 잘 기억이 나지 않는다. 있었다고 해도 별로 활성화가 안 되어 있었을 것이다. 하이텔이나 나우누리는 사정이 조금 달랐던 것으로 알지만 내가 가진 무료 이용권은 다행인지 불행인지 PC통신 문학의 불모지처럼 여겨지는 천리안이었다. 그러나 '판타지 소설 게시판'이 있었던 것은 정확하게 기억이 난다. 내가 처음으로 창작 글을 등록한 곳이기 때문이다. 1990년대의 중고등학생들이 그랬듯 나는 『드래곤 라자』(황금가지, 전 8권)라든가 『바람의 마도사』(무당미디어, 전 6권), 『퇴마록』(엘릭시르, 전 19권), 『왜란 종결자』(엘릭시르, 전 3권) 같은 판타지 소설을 많이 읽었다. 그러나 천리안에는 딱히 이렇다 할 창작 소설이 올라오지 않아서 주로 대여소에서 단행본을 빌렸다.

내가 천리안 판타지 소설 게시판에 올린 글은, 사실 같은 학급 짝이었던 D가 쓴 것이었다. 그는 내가 처음으로 만난 글쓰기 친구이자 여자 친구였다. 짝이 된 지 얼마 지나지 않아 그가 나에게 "얼마 전 나온 『드래곤 라자』라는 책이 참 재미있다더라" 하고 말했다. 그때 나는 대여소 주인의 권유로 그 책을 빌렸던 참이어서 "아, 이거 말야?" 하면서 그것을 꺼내 보여주었다. 그가 비명 비슷한 소리를 지르며 반가워하는 것을 본 나는, 아직 읽지 않았으면서도 다 읽었으니 빌려주겠다고 했다. 그와 친해지고 싶어서 한 거짓말이었다.

그날 이후, 우리는 많이 가까워졌다. 그때 D가 자신이 하이텔에 연재하고 있는 판타지 소설을 읽어보라며 나에게 주었다. 나의 취향과는 별로 맞지 않았지만, 나는 그에게 아주 재미있었다고 말했다. 그때부터 나는 그의 요청으로 그 소설을 천리안에 연재하기 시작했다. 집에서는 습작 노트의 글을 옮겨 적은 후 게시판에 올렸고 학교에서는 그에게 추천은 몇 개를 받았는지 댓글은 어떤 것이 달렸는지 하는 것을 말해주었다. 그때는 잘 몰랐지만 꽤 특별하고 괜찮은 첫 연애였던 것 같다. 그렇게 나는 처음으로 '읽는 사람'에서 '쓰는 사람'이 되었다. 작가라기보다는 필경사 같은 것이었지만, 그때는 D와 친했던 만큼 나의 글을 연재하는 것 같았다.

D와는 각각 다른 고등학교로 진학하면서 자연스럽게 헤어졌다. 그러나 글을 쓰던 나의 습관은 그대로 남았다. 판타지 소설 게시판에 나의 글을 연재해도 괜찮았겠지만 나는 다시 유머 게시판으로 돌아갔다. D가 아니었다면 굳이 판타지 소설 게시판에서 오랜 시간을 보내지 않았을 것이다. 그런데 그때의 유머 게시판은 단순히 '최불암' 시리즈나 '만득이' 시리즈만 올라오는 곳이 아니었다. 창작 글을 연재해 수십 개의 추천을 받는 스타 작가들이 있었다. 그들은 자신의 경험을 PC통신이라는 플랫폼의 감성에 맞게 재구성했다.

나는 그때 군대 경험을 쓴 가브리앨 작가와 여성으로서의
일상을 쓴 DYAM 작가의 글을 많이 읽었다. 두 사람 다 글을
참 재미있게 잘 썼다. 가브리앨의 글은 내가 고등학생이 되었
을 때 도서출판 들녘에서 『너희가 군대를 아느냐』(1998)라
는 제목으로 출간되기도 했다. 다음에서 'DYAM'을 검색하면
「펌;dyam-난 단지 파마를 하고 싶었을 뿐이었다」라는 글이
나온다. 1990년대 후반 PC통신 유머 게시판의 감성을 그대로
담고 있는 글이다. 지금 다시 읽으면서는 '이게 왜' 하는 심정
이 되고 마는데, 20년 전의 나는 이 글을 읽으면서 분명히 바
닥에서 눈물까지 흘리면서 웃었던 기억이 있다. 내가 너무 웃
으니까 동생이 와서 왜 그러느냐고 묻다가 읽어보고는 나와
함께 바닥에서 흐느끼며 웃기도 했다. 그건 어쩌면 세기말 감
성 중 하나였을 것이다. 글의 일부를 인용해둔다.

우리를 한강으로 가지 않게 막았던 건... 사후에 대한 상상으로 인해
서였습니다..

"생각해봐.. 시체두구가 떠올랐는데.. 몸은 퉁퉁 붇구... 머리는 둘다
빠글빠글하면.. 사람들이 웃지 않을까??"

"웃겠지??" -_-

어쨌든... 그 파마머리로 집에 들어가니.. 엄마는 웃다못해 나중엔 흐느끼기까지 하더군요.. -_-

둘째동생은 웃음이 안 참아진다며.. 나중엔 호흡곤란을 호소했고..-_-

셋째동생은 정신없이 웃어대다가 장롱에 머리를 박고.. 쓰러지기까지 했더랬습니다.. -_-;;

당시 중학생이던 넷째는 수업시간에 제머리를 생각하다가 웃음이 안 참아져.. 계속 웃는바람에..-_- 선생님을 우습게 보냐며.. -_-;; 여러 차례 구타를 당하기까지 했답니다..-_-

출처: https://chin21.tistory.com/86

'귀여니 소설'(2002) 같은 글이 단행본으로 제작되어 나온 것은 조금 더 나중의 일이다. 1990년대 PC통신의 유머 게시판은 지금에 와서 규정하자면 에세이 게시판이기도 했고 넓은 범위로의 문학 게시판 역할을 했다고 봐도 좋겠다. PC통신이 문학 장에 혹은 출판 장에 미친 영향에 대해 많은 사람들이 판타지 소설을 예로 들지만 나는 유머 게시판에서 더 많은 글을 읽었다. 나는 판타지 소설 게시판에서 시작해 유머 게시판에서 다시 '쓰는 사람'이 되었다.

고등학생의 절필 선언

어쩌면 내가 소설 쓰기에는 별다른 재능이 없다는 것을 그때부터 막연히 알고 있었는지도 모르겠다. 고등학생이 되면서부터, 나는 천리안의 유머 게시판에 'NAMYLOVE'라는 아이디로 글을 연재하기 시작했다. '[NAMYLOVE] 고딩이 매점에서 겪은 일' 같은 제목으로, 나의 일상을 각색해서 올렸다. 잘 기억나지 않지만 나의 첫 글을 그때의 감성으로 각색해 다시 써보자면 다음과 같다. 과도한 이모티콘이 들어가야 하나 그건 생략했다.

2교시 수업 시간이 끝났을 때 알았습니다.

이대로 3교시가 찾아오면 저는 아사할 것이라는 사실을.

짝꿍을 바라보니 그놈은 이미 기아 상태에 빠져

사경을 헤매고 있더군요.

누가 먼저랄 것 없이 일어나 매점으로 달려갔습니다.

대충 500미터쯤 떨어져 있는 매점이지만

도착한 체감 시간은 10초가 안 되었을 겁니다.

그러나 이미 매점은 만원이었습니다.

이게 고등학생들인지 좀비 새끼들인지.

모두가 빵을 달라며 아우성이었습니다.

친구와 함께 가장 끝에 줄을 서고 보니 종이 울리기 전에

빵 하나씩은 살 차례가 되겠더군요.

먹는 데는 3초면 충분합니다.

이제 곧 저희 차례가 옵니다. 아아, 우리 앞에 천사가 나타납니다.

사랑합니다 매점 아저씨.

그때 누군가의 목소리가 들려옵니다.

"야, 1학년들 다 꺼져."

3학년 선배였습니다. 깻잎머리를 한.

불의를 참지 못하는 제 친구가 당당하게 한마디 합니다.

"죄송합니다. 꺼지겠습니다."

저도 같은 말을 한 것 같은데 입으로는 다른 소리가 나갔더군요.

"제가 먼저 줄 섰는데요."

하, 시바, 왜 그랬을까요.

선배는 그냥 웃습니다. 허허, 시발, 내가 잘못 들었나, 허허허.

그러면서 제 명찰을 뒤집습니다.

"1학년 4반 김민섭. 너는 오늘 점심시간에 너희 반에 있어. 이따 보자."

뒤늦게 죄송하다고 오열해보았으나 소용이 없습니다.

그런데 그때, 저 뒤에 서 있던 누군가가 다가옵니다.

저의 동아리 선배입니다. 대충 강호동보다 몸이 좋아 보이는데,

그는 아직도 고등학교 3학년 학생일 뿐입니다.

"야, 여기 내가 아는 동생인데 좀 봐주지?"

순간 공기가 얼어붙습니다.

"어, 어어, 진작 말을 하지 그랬어. 미안하다 민섭아."

그 깻잎머리 선배는 빵도 먹지 않고 매점 바깥으로 나갑니다.

동아리 선배가 저를 바라보며 말합니다.

"민섭이 뭐 먹을래. 햄버거 사줄까?"

저는 그냥 눈물을 줄줄 흘리며 고개를 끄덕입니다.

선배가 앞으로 가자 갑자기 모세의 기적이 벌어집니다.

홍해가 갈라지듯 모두가 그를 위해 비켜섭니다.

매점 아저씨도 비굴한 웃음을 지으며 햄버거와 식권을 내줍니다.

"민섭아 햄버거 먹어라. 친구 것도 샀다."

그가 던져준 햄버거를 들고 매점 바깥으로 나옵니다.

3교시 종이 치기까지 남은 시간은 1분.

학교 계단 밑에서 햄버거를 먹는데 왠지 목이 멥니다.

그래도 존나 맛있습니다.

눈물 섞인 햄버거를 먹었으니 오늘은 인생을 배웠습니다.

꾸준히 글을 올리는 동안 조금씩 나의 글을 읽어주는 사람들이 생겼다. 고1이었던 나는 내 글의 조회 수와 추천 수가 어떠할지, 무엇보다도 어떠한 댓글이 달렸을지가 가장 큰 관심사였다. 아침이면 일찍 일어나서 잠시라도 천리안에 접속했다. 간밤에 올린 글의 반응을 확인하기 위해서였다. 그 시간에 공부를 더 했더라면 어땠을까 싶기도 하지만 다시 돌아가도 나는 그렇게 할 게 분명하다. 그게 얼마나 큰 기쁨과 높은 자존감을 주는지는 해본 사람만이 안다. "NAMYLOVE는 제가 아는 고등학생 중에 가장 특별한 사람이에요"라는 댓글을 보고 나면, 누구라도 행복해질 수밖에 없을 것이다. 나는 그때 정말로 행복한 고등학생이었고 행복한 개인이었다.

내가 별다른 욕심 없이 소소하게 글을 올렸더라면 별일이 없었을 것이다. 그러나 나는 그때 더 많은 반응을 얻고 싶어서 조금 더 많은 글을 쓰기 시작했다. 그러다 보니 아무리 각색한다고 해도 경험을 기반으로 한 글은 소진되어갈 수밖에 없었다. 나는 좋아하던 게임 '스타크래프트'를 배경으로 한 우주 SF를 쓰기 시작했다. 아마도 「머린의 꿈」이라는 글이 연재되는 것을 보고 그 아류 비슷하게 따라 했을 것이다(『머린의 꿈』은 2000년 7월에 단행본으로 출간되었다). 내가 좋아하던 'C&C레

드얼럿'이라는 게임을 배경으로 했으면 차라리 좋았을 텐데, 남들이 좋아하는 게임으로 글을 쓰려니 제대로 써지지 않았고, 결국 어느 한 장면을 「머린의 꿈」을 거의 표절해서 올리고 말았다.

그때 몇몇 사람들이 "이거 머린의 꿈 표절인데요", "와 실망입니다 작가님, 이제 글 안 보겠습니다" 하는 댓글을 달았던 것 같다. 나는 그때 하루도 안 되어 그 글을 삭제하면서 다음과 같은 내용의 글을 올린다. "작가 NAMYLOVE입니다. 표절을 한 것에 대해 몹시 부끄럽습니다. 앞으로 다시는 글을 쓰지 않겠습니다." 말하자면 고등학생이 한 절필 선언 같은 것이었다. 지금 생각하면 이불을 뻥뻥 걷어찰 만큼 부끄러운 일이지만 그때의 나는 나름 심각했다.

완벽한 타인이 글쓰기 선생이다

PC통신에 글을 올린 것은 지금 생각해보면 참 다행한 일이었다. 댓글을(관심을) 받기 위해 꾸준히 쓰게 됐고, 글을 읽을 사람들을 상상하며 계속해서 퇴고하는 과정을 거쳤다. 글은 혼자 숨어서 써서는 안 된다. 글쓰기를 막 시작하는 사람들이라면 더욱 그렇다. 누군가에게 닿을 수 있는 곳에 써야 한다. 나에게 아무런 관심이 없는 완벽한 타인들이 있는 공간이라면 더욱 좋다. 글은 페이스북이나 인스타그램의 친구를 향해서 써서는 안 된다. 나에게 호의적인 사람들은 제대로 읽지 않고 '좋아요'와 '추천' 버튼을 누른다. 관계를 유지하기 위해서, 자신의 반응을 보상받기 위해서, 글이 아니라 사람을 보고 글을 평가한다. 그러나 나와 아무 관계가 없는 사람들의 평가는 냉정하다. 대개 사람들은 아주 잠시 글을 읽다가 흥미를 느끼지 못하면 곧 나가버린다. 그러면 그 글은 조회 수 50, 추천 수 0, 반대 수 2 정도를 기록하고는 사실상 사망 선고를 받게 된다. 그러한 경험은 자신의 글을 객관적으로 볼 기회를 제공한다. 악플조차 없는 무관심을 받은 글에서도, 수백 개의 추천을 받은 글에서도 배울 점이 있다. 사람들이 읽는 글이 무엇이고 읽지 않는 글이 무엇인지 살피면서 반드시 어제보다 조금은 나은 글을 쓸 수 있게 되는 것이다. 사실 그만한 글쓰기 선생도 없다.

무엇보다 완벽한 타인들이 있는 공간에 글을 쓴다는 것은, 타인의 눈치를 보게 된다는 말과도 같다. '타인의 눈치를 본다'

라는 표현보다는 '타인을 배려하고 상상한다'라는 표현이 더욱 알맞겠다. 자신의 감정을 있는 그대로 드러내는 것이 아니라 조금 더 자신을 관조하면서 타인의 입장에서 글을 쓰게 된다. 글을 쓴다는 것은 사실 그런 것이다. 오히려 그때 더욱 자신다운 글을 쓸 수 있다. 조금 더 내면 깊은 곳에서 자기 자신과 만난다.

내가 썼던 가장 부끄러운 글에 대해 말해두고 싶다. 고등학생 때 인터넷 게시판에 쓴, 지하철의 풍경과 사람에 대한 글이다. 1990년대에만 해도 지하철에 타면 돈을 구걸하는 사람들이 많았고 그중엔 다리가 없는 사람들도 있었다. 나는 그들을 지칭하며 "신도림역을 지날 때면 늘 하모니카를 불며 기어 오는 고무바지 아저씨"라고 썼다. 그러고도 어떤 부끄러움도 없이 오늘은 어떤 댓글이 달릴까 기대했다. 재미있다, 역시 NAMYLOVE는 최고다, 라는 댓글들이 있었으나, 누군가가 이런 댓글을 달았다. "정말 실망입니다. 그동안 당신의 글을 재미있게 본 제 시간이 아깝습니다. 어떻게 그런 표현을 할 수 있습니까." 그는 나의 글을 모두 읽고 항상 댓글을 달아주는 사람이었다. 그뿐 아니라 여러 사람이 실망이라거나, 그런 혐오 표현을 해서는 안 된다는 내용의 댓글을 달았다. 그때 나는 알았다. 내가 선택한 단어 하나가 누군가를 불편하게 할 수도 있다는 것을, 그리고 언제나 타인의 처지를 상상하며 써야 한다는 것을.

표절 이후, 나는 잠시 자숙의 기간을 거치다가, 아이디를 바꾸어서 다시 글을 쓰기 시작했다. 많은 사람이 오가는 플랫폼의 좋은 점은 아이디를 새롭게 만드는 것으로 완전히 다른 사람이 될 수 있다는 것이다. 그때부터는 '여비'라는 아이디로 유머 게시판에 다시 나의 이야기를 쓰기 시작했다. NAMYLOVE가 그다지 훌륭하거나 알려진 작가도 아니어서 아무런 문제가 없었고, 쉬고 돌아온 나는 조금 더 나은 글을 쓰는 사람이 되어 있었다.

이전보다 더 많은 사람들이 나의 글을 읽기 시작했다. 그리고 얼마 뒤, 출판사로부터 한 통의 메일을 받게 된다.

02 인터넷 플랫폼에 쓰다

평범한 고등학생의 기록 (2)

고등학생이 된 나는 '책누리'라는 도서반에 들어갔다. 천체 관측반, 사물놀이패, 봉산탈춤반 등 여러 동아리가 있었지만 내가 가장 잘하고 좋아하는 일이 독서라고 굳게 믿었던 것 같다. 도서반 활동은 즐거웠다. 학교 도서관에서 책을 많이 읽었다고, 그때의 경험들이 나를 더욱 책과 친해지게 했다고 해야 하겠으나, 사실은 대학로의 민들레영토에서 D여고 도서반 학생들과 함께 대면식을 빙자한 미팅을 했던 것이 먼저 떠오른다. 책이야 그때나 지금이나 곁에 두고 잘 읽지 않는 것이기는 하다. 다만 가방에 책 한 권은 늘 넣고 다니는 사람이 된 것은 그 덕분일 것이다.

나는 가방에 항상 책 한 권과 노트북을 챙겨 다닌다. 가까운 나들이를 갈 때도 그러는 나를 보고는 친구가 도대체 왜 그렇게 하느냐고 물어서 "갑자기 내가 어디 끌려간다고 생각해봐. 전쟁이 날 수도 있고 지구가 망할 수도 있어. 그때 이게 있느냐 없느냐는 정말 중요한 거야" 하고 진지하게 답했다. 친구는 "아, 예…" 하고 나를 뭐 보듯 했지만, 글쓰기든 책 읽기든 얼마나 많이 하느냐보다도 언제든 할 수 있게 곁에 두는 일이 더욱 중요한 법이다. 나는 책과 함께 고등학생이 되었다.

글쓰기 플랫폼의 등장

나는 도서반의 정보통신부에 들어가게 됐다. 가입 첫날에 2학년 선배가 HTT라는 타자 프로그램을 신입생 모두에게 쳐보게 했고, 그때 내가 「별 헤는 밤」 지문을 분당 500타 넘게 쳐서 1등을 했던 것이다. 중학생 때 매일 PC통신 게시판에 판타지 소설을 옮겨 적고 일상을 각색한 창작 에세이를 올렸으니까 나에게는 익숙한 일이었지만 정말로 압도적인 1등이었다. 2000년대 초반에만 해도 타자 속도가 빠르다는 것은 컴퓨터를 아주 잘한다는 유일한 지표 같은 것이었다. 그래서 타자를 빨리 치는 일 말고는 컴퓨터에 대해 아무것도 모르는 나는 촉망받는 정보통신부원이 됐다. 한동안은 내가 동아리실에 가면 선배들이 "민섭아, 너 타자 치는 거 보여줘" 하고 나를 둘러싸고는 구경하기도 했다.

지금 이 글과 별 관계가 없어 보이는 도서반 가입기를 굳이 쓴 데는 이유가 있다. 그 시대의 중요한 글쓰기 플랫폼에 대해 이야기하고 싶기 때문이다. 정보통신부 선배가 1학년을 모두 모아놓고 첫 번째로 했던 일이 있었다. 바로 이메일을 만드는 것이었다. 인터넷 포털인 다음이나 라이코스, 야후 등이 천리안과 하이텔 등 PC통신을 대신해나가던 때였다. 신입생 중 이메일을 가진 사람은 아무도 없었고 절반 이상은 그게 무엇인지도 몰랐다. 선배는 그런 우리에게 한메일 아이디를 하나씩 만들어주었다. 세례를 주는 예수의 모습이 그랬을까. 그건 무척 성스러운 의식 같았다. 그러면서 비로소 고등학생이 된 것 같았고 정보통신의 첨단을 달리는 문명인이 된 듯도 했다.

1999년이나 아마도 2000년에, '작가넷(www.zaca.net)'이라는 글쓰기 플랫폼이 생겼다. 거기에는 "글을 쓰면 돈을 드립니다"라고 명시되어 있었다. 지금도 그렇지만 그때는 더욱 물성이 있는 종이 책이 아니고서는 글을 써서 돈을 버는 것을 상상하기 어려웠다. 용돈이라도 벌 수 있을 것 같은 마음에 서둘러 작가넷에 가입하고는 어디에 어떤 글을 올려야 할까, 하는 설렘을 안고 게시판을 탐색하기 시작했다. 수필, 소설, 희극 등 여러 장르의 게시판과 더불어, 다행히 유머 게시판이 있었다.

　나는 그때부터 더 이상 PC통신에 글을 쓰지 않았다. 작가넷의 유머 게시판에 자리를 잡고 '여비'라는 아이디로 글을 올리기 시작했다. PC통신의 작가들은 그때까지도 굳이 작가넷으로 넘어오지 않았다. 덕분에 작가넷의 유머 게시판에는 '만득이' 시리즈나 '참새' 시리즈 같은 단편들만 간간이 올라왔다. 나의 글은 그런 가운데 많은 관심을 받았다. "천재 고등학생 작가"라는 말도 안 되는 댓글도 많이 받았다. 아무래도 작가넷에는 문학청년을 꿈꾸거나 문학청년을 꿈꾸었던 사람들이 다수였고, 그들은 아직 이러한 문법의 일상 에세이를 본 일이 없는 듯했다. 작가넷에서는 추천 수 하나에 10원 정도의 돈을 책정해서 정말 현금을 주었다(그 방식이 정확히 기억나지는 않는다. 용돈이라 할 만큼의 돈을 벌지는 못했다). 서로 추천 품앗이를 다니는 사람들도 있었다. 글이라고 하기에는 민망한 몇 줄의 일기를 써두고 추천을 수십 개씩 서로 주곤 했으니까, 운영자로서는 무척 속이 부글부글했을 것이다.

『회색 인간』(요다)을 쓴 김동식 작가가 "어느 커뮤니티든 창작자는 귀해요. 그래서 소중하게 생각해요" 하고 말한 일이 있다. 자신이 활동하던 인터넷 커뮤니티의 게시판에도 글을 퍼오는(공유하는) 사람은 많아도 직접 쓰는 사람은 별로 없다는 것이었다. 글이 별로 재미없거나 자신의 취향이 아니어도 우선은 응원을 보낸다고, 자신의 글도 마찬가지였다고 했다.

그건 그가 가진 겸손함이기도 하지만 사실 그는 인터넷 게시판 문화의 본질을 제대로 알고 있었다. 그가 1년 4개월 동안 한 게시판에 300여 편의 글을 창작해 올렸을 때, 그 게시판의 독자들은 그를 "업어 키우"기 시작했다. 작가넷의 사람들도 그랬다. 공을 들여 자신의 이름으로 창작 글을 올리는 눈에 띄는 사람이 우선은 나밖에 없었던 것이다.

단순히 페이스북에서 친구 요청을 받더라도, 가장 먼저 살펴보는 것은 그 사람이 가진 인플루언서로서의 영향력이나 사회적 지위 같은 게 아니다. 그가 타인의 글을 공유하기만 하는 사람인지 아니면 자신의 콘텐츠를 생산하는 사람인지를 본다. 누군가의 글을 손쉽게 비평하는 유명인보다는 자신의 일상을 버텨내고 공부하며 공들여 나누는 사람이 글을 쓰는 한 개인으로서 훨씬 더 가치 있는 법이다. 나의 글 역시 평범한 고등학생으로 살아가는 평범한 이야기였지만 사람들은 나의 이야기를 궁금해했고 나를 업어 키우기 시작했다.

그렇게 작가넷의 스타 작가가 되어 꾸준히 글을 써나가던 어느 날, 운영자에게 한 통의 이메일을 받는다. 그건 열여덟 살에 처음 받아본 '출간 제안서'였다. 사무실에 놀러 오라는 제안도 함께였다. 나는 그때 마치 등단이라도 한 것처럼 기뻐서 온 집 안을 뛰어다녔다. 주변인들에게 출간 제안을 받았다며 거하게 자랑도 하고, 무엇보다도 공부는 안 하고 매일 뭘 쓰고 있는 거냐고 그러나 네가 좋으면 알아서 하라고 걱정이 많던 어머니께 큰소리도 쳤다. 나는 삼각지 인근에 있던 작가넷의 사무실에 찾아갔다.

작가넷의 운영자는 무척 쾌활한 성격을 가진 30대 남성이었다. 사무실에는 두어 사람의 젊은 직원들이 더 있었다. 그는 나에게 드디어 여비를 만났다면서 당신의 글을 읽으며 자신과 직원들이 항상 큭큭 웃고 있다고 말했다. 아이디인 '여비'가 도대체 무슨 뜻이냐고 물어서 "아, 그게, 제가 이승엽 선수의 팬이어서요" 하고 답하자 그는 자신이 두산 팬이라면서 "그럼 나는 정수근 선수를 따서 '그니'라고 지어야겠네"라면서 웃었다. 그는 나의 글을 단행본으로 출간하고 싶어 했다. 그때 작가넷의 회원이 수천 명은 되었을 것이고, 그들만 책을 사도 1쇄 3,000부는 충분히 소진할 수 있겠다는 계산이 있었을 것이다(아마 그는 자신을 드러내고픈 욕망에 가득 찬 사람들이 책을 잘 구매하지 않는다는 사실을 몰랐을 것이고, 그 이후 아프게 깨달았을 것이다).

그 자리에서 인세 10퍼센트가 명시된 계약서를 쓰고, 그가 가진 디지털카메라로 프로필 사진을 찍었다. 사진을 찍던 그는 갑자기 "어, 그러고 보니 김민섭 작가가 서태지랑 똑같이 생겼는데?" 하고 말했다. 그러고는 정말로 책의 추천사에 다음과 같이 썼다.

"랭보는 열일곱에 '지옥에서 보낸 한철'을 경험했다. 투팩 샤커는 열일곱에 이미 세계 음악의 흐름을 뒤바꾸어놓았다. 우리는 열일곱보다 어린 마에스트로를 많이 알고 있다. 우연이겠지만 김민섭은 서태지처럼 생겼다. 그것으로 충분하다." 나는 그 추천사가 몹시 부담스러웠지만 사실 뭔가 기분 좋은 낭만이 느껴져서 별다른 말을 더하지 않았다.

첫 책을 낸다는 것

2000년 10월에, 나는 교보문고 광화문점의 신간 매대에서 나의 책 『831019 여비』를 바라보고 있었다. 정말이지 감격스러웠다. 아버지는 언젠가 나와 교보문고 광화문점에 와서는 "민섭아, 여기에 없는 책은 이 세상에 없는 거야" 하고 말했다. 아버지는 그만큼 엄격한 기준을 가진 사람이었다. 책이 많은 공간이라는 데 더해서, 여기에 없는 책은 책이 아니라는 의미도 있었을 것이다. 매대에 놓인 나의 책을 보면서 아버지가 떠오르기도 했고 작가가 되고 싶다고 PC통신 게시판부터 인터넷 게시판에 이르기까지 계속 글을 쓰던 나의 웅크린 모습이 떠오르기도 했다. 열여덟 살 고등학생의 인생에서 가장 고양된 순간이었을 것이다. 그 책의 일러스트는 그때 작가넷에서 만난 사람이 그려주었다. 그도 나도 열여덟 살이었다. 사실, 나의 첫사랑은 그였다. 종로에서 했던 첫 작가넷 작가 '번개'에서 나는 그를 오래 바라보았다. 저렇게 예쁜 사람이 있구나. 헤어질 때가 되어 그에게 "저, 이메일 주소 좀 알려주세요" 하고 물었다. 나와 그는 닮은 게 많았으나 가장 많이 닮은 건 서로의 언어였다고 기억하고 있다. 그와 말하다 보면 늘

말이 겹쳤다. 세상 사람들은 다 말이 닮았나 보다, 하고 가볍게 여겼으나, 다시 그런 사람을 만난 일은 없다.

첫사랑이 그렇고 첫눈이 그렇듯, 그 '첫-'이라는 수사는 평생의 기억으로 남는다. 서툴고 애틋하고 그래서 한없이 사랑스러운. 누군가의 첫 책도 그렇다. 그렇게 사랑스럽고 민망한 대상이란 존재하지 않을 듯하다. 모두에게 자랑하고 싶지만 누구에게도 보여주고 싶지 않은 것이 첫 책이다. 나는 그 후에도 신촌문고나 교보문고 같은 큰 서점의 신간 매대에 자주 갔다. 나의 책이 있는 걸 보는 것만으로도 좋았고 누군가가 내 책을 펼쳐 읽기 시작하면 그 곁에서 안절부절못하고 그를 살피곤 했다. 마치 피천득의 수필 「은전 한 닢」의 거지가 된 심정이었다. 저어, 이 책이 괜찮은지 좀 보아주십시오. 그러나 책을 구매하는 사람을 본 일은 없다. 그가 책을 내려놓을 때면 나의 마음도 적당히 구겨진 책처럼 곧 내려앉았다.

그 이후 『나는 지방대 시간강사다』라는 책을 쓰고 역시 신간 매대를 기웃거려보기는 했으나 그때만큼의 감정이 동하지는 않았다. 사실 첫 책을 쓰거나 만들고 처음 마주하는 서점의 매대는 정말로 특별하다. 신간은 하루에도 수십 종씩 나올 테니까 첫 책을 만든 편집자도 첫 책을 쓴 작가도 매일 나올 것이다. 그들을 알아보는 방법은 어렵지 않다. 신간 매대의 적당한 거리에서 미어캣처럼 누가 내 책을 보지 않을까, 사 가지 않을까, 하고 기웃거리는 이들이 있을 것이다. 내가 그랬던 것처럼. 그런 그들은 누군가가 자신의 책을 읽고 있으면 "저어, 제가 작가입니다. 구매하시면 서명을 해드리겠습니다" 하고 말하고 싶고, 그가 무심하게 책을 내려놓는 순간에는 자신의 마음도 내려앉고 만다.

첫 책이 나오고 세상을 다 가진 기분으로 학교에 간 첫날, 담임교사는 나에게 "김민섭 일어나" 하고 말했다. 그는 뭔가 화가 난 얼굴이었다.

03

계속 써야
작가다

책이 출간되면 출판사로부터 10권 내외의 저자 증정본을 받게 된다. 편집자가 홍보용 책을 빼서 더 보내주겠다고 하는 일도 있었지만 2쇄나 찍으면 다행인데 출판사에 괜히 손해를 끼치는 것 같아서 "아닙니다, 열 권이면 충분합니다" 하고 필요분을 따로 구매하기도 했다. 출판사는 저자에게 60~70퍼센트 내외의 금액으로 책을 저렴하게 판매한다.

저자 인세 10퍼센트가 포함된 것을 감안하면 대략 정가의 50~60퍼센트 금액으로 주는 셈이니, 출판사에도 저자에게도 나름 합리적인 가격이다. 출판사는 총판에 대개 60퍼센트 내외의 가격으로 책을 넘긴다. 저자에게 파는 가격도 손해가 아닌 셈이다. 언젠가는 공저자가 지인에게 선물하겠다며 출판사에 여러 권을 추가로 요구하는 것을 보고 '저 사람하고 친하게 지내지 말아야지' 하고 마음먹었다. 그와 반대로 모 출판사는 저자의 초판 인세를 그만큼의 책으로 대신하는 것을 본 일도 있다. 모두 특별한 경우겠으나 저자든 출판사든 서로 존중하며 지킬 것을 지켜야 하는 법이다.

첫 책 출간 이후 그다음 단계

나는 첫 책인 『831019 여비』를 누구에게 주어야 할지 고민하다가, 여자 친구와 담임교사 등을 떠올렸다. 가족에게 주기에는 민망했고 모든 친구와 교사들에게 주기에는 책이 부족했다. 나는 책이 나온 다음 날 일찍 등교해서 담임교사를 비롯해 내가 좋아하는 몇몇 교사의 책상 위에만 그것을 올려두었다. 그러고는 두근두근, 조회 시간을 기다렸다. 사실 요즘은 고등학생이 책을 낸다는 건 흔한 일이 되었다. 독립출판의 힘을 빌리면 어렵지 않게 할 수 있다. 책 쓰기 프로젝트를 진행하는 각 지역 교육청들도 있다. 예를 들면, 대구교육청은 해마다 교사와 학생 저자의 글을 공모해 20여 종의 책으로 만든다. 학생 수십 명이 공저자가 된 책들이 많으니 매년 수백 명의 학생들이 출간을 경험하게 되는 셈이다. 그러나 2000년대 초반에는 고등학생이 책을 출간한다는 것은 무척 특별한 일이었다.

그때 나의 담임교사는 육군 대위 출신의 교련 교과 담당이었고 무엇보다도 학생부장이었다. 화가 나면 "모두 연병장으로 집합해!"라고 외치는 스타일이었다. 그런 그가 몇 주 전 나를 학생부로 호출했다. 그는 나에게 "내가 20년 넘게 학생들을 지도하고 있지만 평균이 20점 넘게 떨어지는 건 처음 봤다. 혹시 집에 무슨 우환이라도 있나?" 하고, 걱정스러운 표정으로 물었다. 나는 그에게 "선생님 제가 사실 출판사와 출판계약을 하고 책을 쓰고 있습니다. 그래서 여름방학 동안 공부를 좀 못 했습니다" 하고 답했다. 왜 그랬는지 그가 별로 무섭지 않게 느껴졌다. 내가 하고 싶은 일을 했고 그래서 괜찮다는 당당함 같은 게 있었다. 어쩌면 그도 내 독자처럼 보였는지도 모르겠다. 담임교사는 그런 나를 바라보며 "어, 음… 학생의 본분은 그래도 공부니까 말이야, 공부를 하는 게 맞는다고 생각한다. 다음에는 다시 성적을 꼭 올리도록 해라. 가봐" 하고, 말했다.

그런 그가 조회 시간에 화가 난 표정으로 들어와서 "김민섭 일어나" 하고 말한 것이었다. 내가 쭈뼛쭈뼛 일어서자 그는 나를 바라보고 다시 학생 모두를 바라보더니 나의 책을 들고는 "자, 모두 박수!" 하고 웃으며 크게 외쳤다. 그러고는 "김민섭이가 말이야, 책을 냈다고 한다. 얼마 전에 내가 따로 불러서 격려를 해준 일도 있는데 아주 자랑스럽다" 하고 덧붙였다. 거기에는 어떤 조롱이나 폄하도 없었고 그저 정말로 대견하다는 진심이 있었다. 나는 그가 격려를 해준 기억이 없기는 했지만 굳이 그런 말을 할 필요는 없어서 그냥 멋쩍게 웃으면서 모두의 박수를 받았다.

그때부터 고등학생 김민섭의 호칭은 인터넷 게시판에서뿐 아니라 학교에서도 '작가'가 되었다. 나와 별로 친하지 않던 친구들도 "야, 작가야!" 하고 불렀고 나는 그게 참 좋아서 그게 원래 나의 이름인 듯 익숙해져갔다. 친구들은 책을 사 와서 정말로 페이지마다 서명을 받아 갔다. 한 번은 반에서 '일진'이라 부를 만한 친구가 먼저 다가와서 "야 이거 사서 읽었다. 진짜 공감 이빠이 되더라" 하면서 나에게 정말 멋있다는 격려를 해주었다. 나는 '아니 네가 왜 공감을… 그리고 그 이빠이는 뭐야…' 하는 심정이었지만, 어쩐지 가장 기억에 남는 순간이 되었다.

그들은 대개 학교 인근의 신촌문고에서 책을 샀다. "『831019 여비』 있어요?" 하고 자주 물어서 서점 직원이 "아니 이 책은 뭔데 그렇게들 찾는 거야" 하고 혼잣말을 했다는 말도 들었다. 그런 일은 물론 전국의 서점 중에서도 신촌문고에서만 벌어졌을 테지만 나의 작가로서의 자존감은 정점을 찍고 있었다. 돌이켜보면 모두 부끄러운 기억이다.

나는 그 이후에도 작가넷 게시판에 '여비'라는 이름으로 글을 써나갔다. 그러나 그때부터는 주로 간단한 근황을 남길 뿐, 이전과 같은 글쓰기를 거의 하지 않았다. 이전보다 많은 사람들이 나의 글을 읽을 것이 당연한데도 그렇게 했다. 이제는 아무 글이나 쓸 수 없다는 부담감이나 두려움이 생긴 것이다. 더이상 평범한 고등학생으로서의 서사를 쓸 수는 없었다. 소설을 쓰고 무엇보다도 등단을 하고 싶어졌다. 그것이 나의 '다음 단계'라고 믿었다. 소설, 등단, 결국 그 시기의 나는 어떻게든 제도권이라는 주류에 편입되려고 했다. 그래서 나는 열여덟 살의 가을부터 열아홉 살이 끝나가는 1년 남짓한 시간 동안 서너 편의 소설을 써서 간신히 내 컴퓨터에만 저장해두었을 뿐, 정말로 아무것도 쓰지 않았다. 역설적으로 책을 출간한 이후부터 나는 더 이상 작가도 무엇도 아니게 되었다. 그 소설들은 유일하게 서너 군데 대학의 고등학생 문학 공모전에 제출했다. 애초에 그런 용도로 쓴 것이었기 때문이다.

20년이 지났지만 두 편의 제목이 여전히 기억난다. 성북동 부잣집에 사는 여자 친구와 사귀던 평범한 고등학생을 비둘기에 비유한 「성북동 비둘기」, 중요한 시합에서 여자 친구가 앉아 있는 자리로 만루 홈런을 날린 고등학생의 이야기 「홈런볼」이었다. 물론 두 작품 모두 장려상조차 받지 못했다. 나는 그때부터 내가 글을 계속 쓸 수 있을 것이라는, 정확히는 주류 문단에 편입될 수 있을 것이라는 기대를 거의 하지 않게 되었던 것 같다. 역설적으로, 남들이 작가라고 부른 그 순간부터 나는 작가가 될 수 없을 게 분명함을 직감했다.

지금, 계속 쓰고 있습니까

책을 출간하고 나에게 남은 것은 작가라는 자의식

혹은 동경과 함께 책 한 권, 70만 원의 인세, 그리고 아주 많이 떨어진 내신 성적이었다. 그런 상황에서 어떻게 대학에 들어갈 수 있었는지 간단히 언급해두고 싶다. 대학을 어떻게 가야 하나 걱정이 많았지만 때마침 교육부장관이던 이해찬 씨가 "한 가지만 잘해도 대학에 갈 수 있게 하겠다"라는 말을 하더니, '1학기 수시모집'이라는 것을 만들고 꽤 많은 정원을 받았다. 나는 몇 군데 국어국문학과에 원서를 넣었고 "작가가 되고 싶습니다"라는 내용의 자기소개서를 첨부했다. 그때만 해도 고등학생이 책을 낸다는 건 학생에게나 일반인에게나 몹시 특별한 일이었다.

두 개 대학의 면접을 그럭저럭 잘 보았던 것 같다. 그중 K대학에서는 영어 지문을 하나 통째로 주고는 해석해보라고 했다. 앞에 들어간 면접자들이 30분씩 걸려서 풀 죽은 모습으로 나온 이유가 있었다. 그때나 지금이나 나는 영어를 못한다. 우선 읽기나 하자는 생각에 빠르게 읽었더니 "잘 읽네요, 해석해보세요"라고 했다. 할 수 있을 리가 없었으나 본문 중간에 'gene'이라는 단어와 'pandora's box'라는 단어가 보였다. 그래서 나는 "최근 유행하는 인간의 유전자 지도 해석에 대한 글입니다. 그러나 이것이 마치 판도라의 상자와도 같아서 그 해석이 미칠 부정적 영향을 경계해야 한다는 내용입니다" 하고 빠르게 답했다.

그러자 교수 세 사람이 모두 나를 '힐' 하는 표정으로 바라보았다. 가운데에 앉아 있던 교수가 "어떻게 그렇게 빠르고 정확하게 해석할 수가 있었죠?" 하고 물어서 나는 그냥 웃었다. 나의 면접은 그렇게 5분도 안 걸려서 끝이 났다. 그저 운 좋게 대학에 갔다. 이때의 경험으로 나는 이해찬 씨에게 한 번쯤 빚을 진 마음으로 살아가고 있다.

그러나 국어국문학과 학부를 졸업할 때까지 별다른 글을 쓰지 않았다. 문학 동아리에 가입만 해두고는 출석이 저조해 제명당하기도 했다. 열여덟 살 이후에도 계속해서 나의 평범한 삶을 기록해나갔다면 언제라도 그 시기의 나를 작가로 규정할 수 있을 것이다. 그러나 나는 한동안 작가도 작가 지망생도 아닌, 글을 곁에 두지 않는 삶을 삶았다. 『나는 지방대 시간강사다』라는 책을 쓴 이후 곧바로 『대리사회』(와이즈베리)라는 글을 온라인에 연재한 것은 그때를 답습하고 싶지 않았기 때문이기도 했다. 결국 작가란 어느 한 책으로 성공하고 이정표를 세운 사람이 아니라 '계속 쓰는 사람'이어야 한다는 것을 뒤늦게 알았다.

요즘 새롭게 만나는, 첫 책을 출간한 작가들에게만 조심스럽게 꼭 하는 말이 있다. "작가님께서 계속 글을 쓰시면 좋겠습니다" 하는 것이다. 『삼파장 형광등 아래서』를 쓴 노정석 작가에게는 적어도 세 번 정도는 그 말을 했던 것 같다. 열아홉 살에 브런치북 대상을 받고 책을 낸 그가 나처럼 책을 한 권 낸 것으로 거기에 매몰되지 않기를 바랐다. 그는 고등학교의 자습실에서 시와 에세이와 일기를 300여 편 가까이 썼고, 그중 마음에 드는 글들을 카카오 브런치에 올려왔다. 출간 이후 그 활동이 멈추지 않기를 바랐는데 그도 그 나이의 나처럼 글 쓰는 일을 잠시 멈춘 것 같다. 계속 시를 쓰고 있다고는 했으나 2019년 11월 이후로 브런치에는 글을 쓰고 있지 않다. 나는 그를 보면서 고등학생 김민섭의 글을 읽고, 응원하고, 책으로 출간해준 사람들의 마음을 조금은 알게 되었다. 결국 나의 현재보다도 그다음을 응원했던 게 아닐까. 그 책을 디딤돌 삼아서 계속 기록해나갈 나의 글을 응원하고 있었던 것이다. 그러나 그건 강제할 수 없는 일이기도 하고 노정석 작가 역시 (나처럼) 언제 어떤 방식으로든 계속 글을 쓸 것으로 믿는다. '계속…'이라는 제안은 내가 출간 기획에 관여한 문화류씨 작가나 이상문 작가를 비롯해 첫 책을 쓴 여러 작가들에게 조심스럽게 했다. 어려운 일이지만 그렇게 해야 한다고 믿기 때문이다. 그러한 말을 하지 않은, 내가 출간에 관여한 단 한 명의 작가가 있다면 김동식이다. 그는 지금도 일주일에 두 편 이상의 단편소설을 써낸다. 그렇게 한 지가 7년이 넘었고 얼마 전 1,000편을 넘긴 것으로 안다. 그의 꾸준함과 천재성을 의심하지 않는다. 그럴 시간에 내 걱정을 하는 게 나에게 이롭다. 언젠가 장강명 작가에게는 자신은 글을 쓰는 시간을 정해두고 그 시간에는 반드시 쓴다는 말을 들었다. 하루에 몇 시간이나 글을 썼는지 엑셀에 저장한다고도 했다. 그 역시 계속 써야 작가로서 살아갈 수 있음을 이해하고 있는, 모범적인 작가다.

고등학생 시절에 낸 책은 나에게 가장 부끄러운 물성으로 남았다. 그러나 더욱 부끄러운 것은 그 이후 계속 쓰지 않았고, 나의 다음을 응원하던 사람들을 외면했다는 것이다. 그 시절의 첫사랑과 헤어진 것처럼 나는 나의 첫 책과도 글 쓰는 일상과도 작별을 고했다. 지금 내가 '쓰는 사람'으로 살아가고 있는가 돌이켜보면 역시나 부끄럽다. 언젠가부터 글을 쓰는 일은 조금씩 밀려나고 읽는 일, 기획하는 일, 강연하는 일 등등이 나의 낮을 채워간다. 특히 지금은 문을 닫은 스타트업 북크루의 대표를 맡아 일하면서는 더욱 그랬다. 잘 살아갈 수 있을 것으로 생각했으나 일을 하면서 글을 쓰기란 힘들었다. 기록하지 않는 일상이 계속되면 자괴감이 찾아온다. 돌이켜보면 글을 쓰지 않던 시절의 내가 가장 초라했다.

잘 살아가고픈 모두는 글을 써야 한다. 무엇보다 중요한 일은 '계속' 쓰는 것이다.

04

전공과
글쓰기의 관계

국어국문학과와 문예창작학과, 대학 입시를 앞둔 나에게는 두 가지의 선택지가 있었다. 오로지 '작가'가 되기 위한 고민이었다. 그때로 잠시 돌아갈 수 있다면 나는 나에게 "디자인학과에 가든 반도체학과에 가든 작가는 될 수 있어" 하고 말해주겠으나, 그에 더해 돈을 버는 대로 S전자 주식이나 양껏 사놓으라고 말해두겠으나, 나는 꽤나 오래 고민했다. 그러다가 결국 국문과로 전공을 정했다.

여러 이유가 있었지만, 솔직히 말하면, 작가가 되는 데 실패한 그 이후가 두려웠다. 아무것도 되지 못하고 청춘과 작별

할 것이 거의 확실해 보였다. 그에 더해 문창과가 설치된 대학교가 적고 처음 들어보는 이름의 학교들이 많은 것도 나를 더욱 두렵게 해서, 그럭저럭 안정권인 몇 군데 국문학과에 원서를 넣었다.

면접에서는 열심히 공부해서 작가가 되겠다는 포부와 함께, 문학이 우리 삶에 왜 필요한지에 대해서도 거창하게 밝혔다. 마침 인문학의 위기라는 말이 유행이었다. 면접 전날이었던가, 최인훈 작가가 고별 강연을 통해 "예술(문학)이란 죽음에 이르는 마지막 돌격 5분 전에 휴식을 취하며 부르는 노래"라고 한 것을, 그 맥락도 잘 모르면서 인용하기도 했다. 면접장의 분위기는 좋았다. 그때 심사위원 중 한 사람이 나에게 물었다. "학생은 국문과보다는 문창과가 어울리겠는데 여기에 지원한 이유가 있나요?" 나는 "작가가 되고 싶으면 국문과에 가면 되는 게 아닌가요?" 하고 되묻고 싶었으나 왠지 그런 분위기가 아니었다. 내가 답할 말을 잘 찾지 못하자 그는 "국문과는 문학의 이론을 주로 배우는 곳이고, 창작 실기를 배우려면 문창과로 가는 게 맞아요" 하고 말했다. 나는 문예창작을 국어국문학의 하위 범주 정도로 이해하고 있었다. 그래서 "국문학과에서도 어느 정도의 창작 실기를 배울 수 있다고 생각합니다" 하고 다급하게 답했다. 교수들이 모두 웃었고, 나도 따라서 웃었다.

작가가 되는 가장 좋은 법

대학생이 된 나는, 그 웃음의 의미를 곧 알게 되었다. 애초에 '창작 실기'라고 할 만한 과정이 커리큘럼에 존재하지 않았던 것이다. 1학년은 문학입문과 인문학부 필수교양, 2학년은 고전문학입문, 현대문학입문, 한국어학입문, 3학년은 고전문학사, 현대문학사, 고전시가강독, 현대시입문, 한국통사론, 4학년은 근대소설사, 중세국어강독, 시론, 음운론, 이렇게 필수 과목들이 지정되어 있었고, 다른 전공 강의의 이름들도 크게 다르지 않았다. 교수들은 자신이 연구하는 세부 분야가 아니면 별 관심이 없었다. 그래서 내가 대학에서 배우는 것이라고는 특정 부분의 문학사가 대부분이었다. 작품이라도 많이 읽거나 이론이라도 많이 배웠으면 좋았겠으나, 잘 이어지지 않는 문학사를 정리하다가 한 학기가 끝나곤 했다. 심지어 등단에 꿈이 있는 선후배나 동기를 졸업할 때까지 단 한 명도 만나보지 못했다.

학점이 잘 나오면 '국제관계학과'와 같은 인기 학과로 전과하거나 이중전공이나 복수전공을 선택하는 게 일반적이었다. 우리가 잘못되었다기보다는, 문학이라는 것의 자리가 딱 그 정도였다.

문창과에 갔다면 나의 삶은 조금은 달라졌을 것이다. 나는 거기의 커리큘럼에 대해 전혀 모르지만 작가 출신의 교수들이 있고 작가가 되려는 나와 닮은 문학청년들이 있었을 것이다. 국문과에서 나는 수십 편의 문학사 리포트를 써내면서도 소설은 서너 줄 쓰다가 두어 번 포기한 게 전부였다. 반면 문창과는 나약한 나에게 계속 글을 쓰게 하는 구조적 환경을 마련해주었을 것이다. 그러나 그 과정이 즐거웠을지, 그게 정말 작가가 되는 방법일지는 잘 모르겠다.

얼마 전 문창과가 있는 모 대학 인근의 카페에서 단행본 원고 마감을 하다가 학생들의 대화를 엿들은 일이 있다. 문학이 어쩌고, 등단이 어쩌고, 하는 실로 희귀한 목소리가 들려와서 나도 모르게 거기로 귀를 열어둔 것이다. 20대 초중반의 학생들 세 명이 서로의 글에 대한 이야기를 나누고 있었다. 너 글 잘 쓰잖아, 아니야 이번에 등단한 글들 못 봤냐 난 그렇게 못

써, 네가 걔들보다 더 잘 쓰잖아, 상을 못 받는데 뭐 어떻게 하라고, 너도 못 받는데 우리는 어쩌지, 아 몰라 진짜 이번이 마지막이다 지금 쓰는 것도 안 되면 나도 몰라 나 편의점 알바 시간 다 돼서 일어난다, 어 그래. 그들이 쓰는 소설의 대사도 이렇게 진부하면 당연히 상을 못 받을 텐데, 그들은 정말로 이와 같이 말했다. 마침 무라타 사야카의 『편의점 인간』(살림)이 출간되었을 즈음이었다. 나는 편의점에 간다는 그 문학청년이 자신의 삶 자체를 소설로 쓰면 좋겠다고 생각했으나, 그건 아마도 상을 받기는 어려운 글이 될 것이다. 어떤 일을 취미가 아닌 직업으로 삼기 위해서는, 대개 그 분야의 자격증이 필요하다. 타인에게 자신의 전문성이나 탁월성을 인정받아야 한다. 작가가 되려는 사람들에게는 대형 출판사나 중앙 일간지의 공모전을 통한 등단이다. 필연적으로 거기에 어울리는 글이 무엇인지 고민하고 거기에 따르게 된다. 타인의 삶을 단면만 보고 감히 평가해서는 안 되는 것이지만, 그동안 내가 만난 등단에 자신의 인생을 건 사람들은 대개 행복하지 않아 보였다.

나는 몇 년 전까지만 해도 작가가 되기 위해서는 다음과 같은 절차가 필요하다고 믿었다. 1) 대학에 가야 하고, 2) 국문학이나 문예창작학을 전공해야 하고, 3) 등단을 해야 한다, 는 것이었다. 대학이나 대학원을 나와야 누군가를 가르치고 글도 계속 쓸 수 있을 것이라는 믿음이 있었다. 그러나 대학에 가는 것도, 국문학이나 문예창작학을 전공하는 것도, 등단을 하는 것도, 작가가 되는 하나의 방식일 뿐이었다.

내가 만나본 가장 좋은 문학 연구자 중 한 사람은 화학과 출신이고, 내가 좋아하는 소설가도 도시공학과를 나왔고,『회색 인간』의 김동식 작가는 중학교를 중퇴하고 오랫동안 주물 공장에서 일했다. 부끄럽지만 그를 처음 만났을 때 내가 한 첫 질문은 "작가님은 어디에서 글쓰기를 배우셨나요?" 하는 것이었다.

당신은 어느 대학을 나왔고 어느 교수님에게 배웠는가, 하는 못난 질문이기도 했다. 그러나 지금의 나는 '작가가 되는 가장 좋은 법'은 글을 쓰는 것이고, 무엇보다도 계속 쓰는 것이라고 믿는다. 그러다 보면 자신의 언어가 생기고 자신의 사유가 만들어진다. 대학에서 누가 가르쳐주지 않아도 누구나 실천할 수 있는 창작 실기다.

하루에 몇 줄씩 쓰는 글이 나를 만든다

대학생이 되고 박사과정을 수료하기까지 대개 논문만 읽고 썼다고 기억하고 있지만, 이 글을 쓰면서 문득 어떤 기억 하나가 떠올랐다. 대학원생 시절에 어느 선배가 "우리는 논문만 쓰고 있다. 이래서는 안 되고 무언가를 계속 써야 한다. 그런데 그게 참 힘들다" 하고 자조적인 말을 한 일이 있다. 나는 그때 '논문이나 잘 쓰지…' 하는 마음이 되었지만, 그 선배는 곧 나를 보면서 "그런데 민섭이는 좀 다르다. 저렇게 매일 성실하게 일기를 쓰는 게 얼마나 글쓰기 연습이 되겠어" 하고 덧붙였다.

옆에서 듣던 다른 선배가 "민섭이가 미니홈피에 올리는 일기 진짜 재밌잖아요. 제가 그거 보는 재미에 삽니다" 하고 거들었다. 그때 나는 '아니 그게 뭐라고요. 그 시간에 논문이나 한 줄 더 써야 하는데…' 하는 심정이 되었지만, 그러고 보니 나는 계속 무언가 쓰기는 했던 것이다. 바로 '일기'였다.

내가 대학생이 된 2000년대 초반에는 싸이월드 미니홈피라는 것이 유행이었다. 모두가 가상화폐인 도토리를 사서 자신의 홈페이지를 꾸몄다. 거기에 들어오는 방문자의 수와 방명록에 남은 글들이 그가 '인싸'인지 '아싸'인지를 자연스럽게 드러내주었다.

그때 나는 오랜 친구와 함께 톡드림(www.talkdream.com)이라는 홈페이지를 만들었다. 서로의 일기를 올리는 공간이었다. 거기에 '톡드림'이라는 메뉴를 만들어두고 언젠가 우리의 꿈이 실현될 때 공개하겠다고도 공지해두었다. 그 게시판은 3년 정도 함께 운영하다가 정리했지만 거기에는 두 사람의 3년 치 일기가 차곡차곡 쌓였다. 그때 어느 후배가 나에게 "요즘 싸이질보다 재미있는 게 톡드림질인 거 아시죠. 일기 많이 써주세요" 하고 말했던 게 아직도 떠오른다. 그만큼 그때 그 말이 기뻤다.

톡드림 이후에는 싸이월드 미니홈피의 '다이어리 게시판'에 계속 일기를 썼다. 나는 그렇게 스무 살부터 서른이 넘을 때까지 나의 일상과 경험과 감각을 기록했고 아는 사람들에게 그것을 공유해나갔다. 그러면서 적어도 나의 언어를 가지게 된 것 같다. 어떠한 부사와 형용사가 나를 표현하기에 가장 어울리는지, 어떠한 온도의 문장들이 나의 감정을 가장 잘 담아낼 수 있는지, 적어도 조금씩 알게 되는 것이다.

요즘 싸이월드 미니홈피가 앱으로도 다시 나온다. 앱을 설치하고 나니까 매일 "당신의 몇 년 전 오늘은…" 하고, 내가 쓴 일기들이 알림으로 왔다. 그것들을 살펴보다가 나는 정말이지 한동안 매일 자기 전에 이불을 뻥뻥 걷어차곤 했지만, 스무살의 나부터 서른 살의 나까지 몇 편의 일기들을 보다 보면 내가 조금씩 어떤 사람이 되어가고 있는지, 특히 나의 글쓰기가 어떻게 변화하고 있는지가 한눈에 보인다. 그래서 정말이지 일기 쓰기를 참 잘했구나, 하루에 몇 줄씩 쓴 이 글들이 지금의 나를 만들었구나, 하고 안도하게 되는 것이다. 자신에게 어울리는 언어를 알아간다는 것, 자신을 자유롭게 표현할 수 있게 된다는 것, 자신을 닮은 언어와 익숙해진다는 것, 그게 어쩌면 글을 쓰고 책을 쓰는 첫 출발이 된다.

당장 훌륭한 작품을 써나갈 수 있다면 좋겠지만 그럴 수 있는 사람은 별로 없다. 다만 일기가 되든 무엇이 되든, 자신을 기록하는 간단한 일부터 시작한다면 그것이 국문과나 문창과에 가서 등단을 준비하는 일보다도 훌륭한, 글 쓰는 사람으로서의 첫걸음이 되지 않을까 한다. 내가 알게 된 여러 작가들도 책 한 권으로 갑자기 잘된 것처럼도 보이지만 그들은 꾸준히 무언가를 써온 사람들이었다.

05 하나의 세계를 만들어내는 경험이 필요하다

대학을 졸업한 나는 작가가 되는 데 실패했다. 굳이 '실패'라는 단어를 사용한 것은, 국어국문학과에 진학한 이유가 결국 등단이었기 때문이다. 그 원대한 꿈이 무색하게도 나는 그때까지 한 편의 소설도 완성하지 않았다. 돌이켜보면 참 한심한 문학청년이었다. 대신 나는 연구자가 되는 길을 택했다. 대학원에 진학해서 현대소설을 전공하기로 한 것이다. 그러면서 작가가 되겠다는 그 꿈은 고이 접어 보이지 않는 곳에 잘 두고, 그때부터는 논문을 읽고 쓰는 일을 주로 해나갔다.

모든 글쓰기는 연결, 지속, 확장될 수 있어야

　　대학원에 가서 가장 많이 한 일은 1차 자료를 탐독하는 것이었다. 〈대한매일신보〉, 〈청춘〉, 〈학지광〉, 〈기독청년〉, 〈여자계〉, 〈개벽〉, 〈동광〉, 〈삼천리〉. 논문을 쓰기 위해 이러한 이름의 신문과 잡지를 여러 번 읽었다. 한 번이라도 인용한 것까지 포함하면 50개가 넘어갈 것이다. 근대문학 연구라는 것은 대개 그 시기의 매체를 누가 더 먼저, 많이, 잘 읽고 논문으로 발표하느냐, 하는 문제였다. 대학 연구실마다 학풍이 다르기는 했지만 그래도 자료를 많이 읽은 연구자가 어디서든 대우받았다. 국사편찬위원회의 통합자료실에 그 자료가 있으면 보기가 한결 편했다. 그러나 그렇게 친절한 경우는 별로 없어서 소장처에 찾아가 직접 복사를 해 오거나 특정 출판사에서 연구자용으로 제작해둔 영인본을 구매하거나 해야 했다. 돋보기를 들고 그 뭉개진 활자들을 보다 보면 눈이 아파왔다. 특히 나는 한자 공부를 별로 하지 않은 죄로 모르는 한자가 나올 때마다 하나하나 사전을 찾아보아야 했다. 그 자료들이 매번 재미있었던 것은 아니고 '아무리 100년 전이라지만 이걸 소설이라고 하기는 좀 너무하지 않습니까' 하는 글과 만나게 되는 일도 많았다.

석사과정생이 된 나는 '내가 논문이란 걸 쓸 수 있을까' 두려워졌다. 4학기 만에 쓰는 사람도 있었고 6학기나 7학기가 걸리는 사람도 있었고, 그 이후에는 대개 포기하고 나가거나 했다. 남들이 다 쓰는 것이니 나도 쓸 수야 있겠지, 싶기야 했지만, 별로 자신은 없었다. 어영부영 1학기와 2학기가 지나가고 3학기가 되자 주변에서 "논문 주제 정했지?" 하는 압박이 들어왔다. 모든 글쓰기의 시작이 그렇겠지만 논문이라는 글쓰기의 시작 역시 '주제'를 정하는 일부터였다. 작가론을 쓴다면 어느 작가를, 작품론을 쓴다면 어느 작품을, 시대론을 쓴다면 어느 시대를, 하는 것을 명확히 해야 했다.

나는 그때 '기독교 문학'에 관심이 많았다. 교회를 다니는 것도 아니었지만 기독교가 literature의 역어로서의 근대문학이 형성되는 데 미친 영향이 큰 데 비해 그 연결 고리가 참 약해 보였던 것이다.

이 부분은 용기를 내어 교수에게 왜 그렇습니까, 하고 물었고, 그에게 "국문학계에서는 기독교가 하겠지 하는 거고, 기독교계에서는 국문학이 하겠지, 하는 게 아닐까" 하는 내용의 답을 들었다. 과연, 기독교 근대문학 연구는 비어 있는 지점이 많았다. 이 작품이 이만큼 은혜로운 작품입니다, 하는 식으로 정리된 게 전부인 무책임한 논문도 있었다. 그래서 나는 『기독청년』이라는 1917년에 창간된 잡지를 주제로 삼아 논문을 쓰기로 했다.

기독교 문학을 주제로 잡았다고 했을 때 선배들의 반응은 아 그래, 그런데 왜 굳이 그런 고생을 사서 하려고 하니, 하는 것이었다. 내가 꽤나 존경하고 있는 선배도 "민섭아, 남들이 하지 않는 데는 다 이유가 있단다" 하고 말해주었다. 여기에는 크게 두 가지의 이유가 있었다. 1) 우선은 선행 연구사가 별로 없으니 어느 지점부터 연구를 이어가면 될지 확정하기가 어려운 것이다. 여러 사람이 손을 대놓은 주제라면 '아, 이 사람들이 여기까지는 왔구나. 그러면 나는 여기에서부터 여기까지 이어갈 수 있겠고, 그다음은 또 다음 연구자들이 하겠지' 하는 기점을 정할 수가 있다. 그렇지 않다면 혼자서 개척하다가 '아아, 동료 연구자가 필요해…' 하고 외로워지고 만다. 이것은 아무래도 논문이라는 글쓰기에 주로 해당되겠지만, 이에 더해 모든 글쓰기에 적용될 만한 더욱 중요한 문제는, 2) 그 이후를 상상할 수 있는 주제가 아닌 것이다. 굳이 논문이 아니더라도 모든 글쓰기는 계속 연결, 지속, 확장될 수 있어야 한다. 그 발판이 되는 것은 처음의 주제다. 석사학위 논문의 주제는 박사학위 논문의 주제로 연결되고, 그 이후 연구자로서의 삶을 지속하는 동안에도 개인의 성장과 함께 끊임없이 확장되어야 한다. 조정래 작가는 『태백산맥』, 『아리랑』, 『한강』이라는 3부작의 소설을 썼다. 민족이라는 하나의 주제가 각각을 대하소설이라는 그 개인의 작업을 도도히 흐르는 것이다. 분량의 길고 짧음을 떠나서, 계속 글을 쓰기로 한 누군가라면, 그 첫 책의 주제를 잘 잡아야만 한다. 마치 팝업스토어처럼 유행을 따라 하나의 물건을 팔고 사라져버리는 사람을 작가라고 부를 수는 없기 때문이다.

민망하지만 사실 나도 3부작의 글을 썼다. 『나는 지방대 시간강사다』, 『대리사회』, 『훈의 시대』(와이즈베리), 이것은 '나-사회-시대'로 연결되며 사회를 조망하는 3부작이다. 알아주는 사람은 없고 나도 굳이 그걸 명시하지는 않지만 계속해서 다음을 상상할 수 있는 주제를 잡아 글을 써왔다. 물론 석사학위 연구 주제와는 전혀 관계가 없기에 그 이후의 연구를 해나가는 사람들도 아주 많다. 아마 내가 박사과정에 진입해 불교 잡지를 연구한다고 해도 누구도 놀라지 않았을 것이다. 하긴 그건 '종교'라는 큰 주제와 연결되는 것이니까 나름 괜찮지 않았을까.

하나의 주제로 처음부터 끝까지 글을 '완성'하는 것

석사과정 3학기에 '기독교 문학'이라는 주제를 정한 나는 운 좋게 『기독청년』이라는 미발굴 잡지를, 정확히 말하면 적당히 숨겨져 있고 누구도 보려 하지 않아 방치되어 있던 자료를 찾아내어 「기독청년' 연구」라는 학위논문을 완성하게 된다. 이 주제가 그다음을 기약할 수 있는 것이었는지는 사실 잘 알 수가 없다. 그 이후 나는 '근대문학의 형성과정과 기독교 매체의 영향'이라는 박사논문을 준비하다가 대학에서 나왔다. 그때 특별한 교류는 없었지만 마침 비슷한 시기의 기독교 문학에 관심이 있는 연구자들이 있었고 그들과는 서로의 연구를 인용하면서 논문에서 몇 번 만났다.

석사논문을 쓴 이후의 나는 어떤 자신감이 생겼다. 하나의 주제를 두고 서론, 본론, 결론, 그리고 연구초록까지, 하나의 글쓰기를 완성한 것이다. 이러한 경험은 쉽게 사라지지 않는다. 나는 하나의 세계를 만들어낸 사람이고 언제든 다시 나의 언어로써 나의 세계를 창조할 수 있을 것이라는 믿음은 그 일을 해낸 개인을 크게 고양시킨다. 그 결과물 자체가 사랑스럽고, 대견하고, 자랑스럽고, 그리고 또, 한없이 부끄럽다(부끄럽다고 표현한 것은 조금만 시간이 지나면 자신이 아무것도 모르고 글을 썼다는 것을 알게 되기 때문이다. 몇 년 전 이화여대 학생들이 교수들을 향한 시위를 하면서 그들의 석사학위 논문을 낭독했다고 해서 그들에게 그만한 수치를 주는 일도 없을 것 같다고 생각한 일이 있다. 모두의 첫 세계라는 게 아마 비슷할 것이다).

논문뿐 아니라 하나의 주제로 처음부터 끝까지 써낸 하나의 결과물들이 대개 그러할 것이다. 여러 개의 주제로 단편 단편의 글을 모아가는 것과 하나의 주제로 처음부터 끝까지 글을 '완성'하는 것은 완전히 다른 일이다. 그러니까 결국, 하나의 논문을, 단행본을, 장편을 써볼 필요가 있다. 특히 수십여 쪽에 이르는 석사논문이 하나의 세계를 만들어내는 것이라면 수백여 쪽, 단행본 한두 권 분량에 이르는 박사논문은 하나의 제국을 만들어내는 일과도 같다.

비평가로 유명했던 J교수가 소설사 수업에서 "나는 장편을 안 쓴 작가들은 작가로 안 치지"라는 말을 한 것이 나의 기억 어딘가에 새겨져 있다. 그가 그 이유를 말해주기를 기다렸지만 "장편도 못 쓰는 게 무슨 작가야"라고 해서 실망했던 기억도 함께다. 그러나 장편소설을 쓴다는 게 결국 몇 개의 세계를 합쳐 자신의 제국을 만드는 일과도 비슷하다고 생각하게 된 지금은, J교수의 말을 어렴풋이 이해할 수 있을 듯하다. 거기에 동의한다기보다는 그 맥락을 알게 되었다는 의미다.

하나의 주제로 목차를 갖춘 완성된 글을/책을 쓴다는 것은 하나의 세계를 창조해내는 일이다. 그건 한 개인의 삶에 큰 자존감과 자신감을 안겨준다. 연결되고 확장될 만한 자신에게 어울리는 주제를 선정했다면 그다음의 창조는 조금씩 더 쉬워진다.

06
모든 글을 쉽게
쓸 수 있어야 한다

　내가 글쓰기보다 좋아하는 무엇으로는 '야구'가 있다. 글쓰기를 잘하고 싶은 만큼 야구도 잘하고 싶어서 연습해보기도 했으나 잘되지 않았다. 가끔 선수 출신들이 레이저를 쏘듯 공을 던지는 것을 보고 나면 참 민망해지는 것이었다. 한번은 야구부를 그만둔 대학생과 함께 야구를 하다가 그가 외야에서 공을 잡아 3루 주자를 홈아웃 시키는 모습을 지켜보고는, 어떻게 그렇게 할 수 있느냐고 물었다. 그때 그는 다음과 같이 답해서 나를 슬프게 만들었다. "형, 저는 야구 하는 것도 아니에요. 같이 야구 했던 애들 중에 나성범이라고 있는데요, 와,

걔는 진짜 사람의 레벨이 아니야. 잘해요. 진짜 잘해요. 야구는 누가 잘하냐면요, 잘하는 애들이 잘해요. 저는 그렇게 할 수 없는 걸 알고 야구 그만뒀어요." 야구는 잘하는 사람이 잘한다, 라는 건 야구 중계를 보며 자주 듣는 말이기도 하다. 이종범, 선동렬, 이승엽, 류현진 등등, 해설자들은 그들이 명장면을 만들어낼 때마다 "아아, 저런 플레이를 어떻게 하는 거죠, 연습으로 되는 게 아니고 그냥 본능적으로 저렇게 해야 한다는 걸 알고 있는 거예요. 역시 야구는 잘하게 되는 게 아니라 잘하는 사람이 잘하는 운동입니다"라고 말한다. 무책임하다기보다는 결국 그게 사실일 것이다.

글도 잘 쓰는 사람이 잘 쓴다

야구뿐 아니라 글쓰기도 그렇다. 글도 잘 쓰는 사람이 잘쓴다. 예를 들자면 김훈, 전생이라는 것이 있다면 그는 아마도 세종이었을 것이다. 이유를 묻는 친구에게 "이런 표현을 쓸 수 있는 건 그 언어를 만든 사람 정도가 아닐까" 하고 답했다가 제발 적당히 하라고 혼이 난 기억이 있다. 이번에는 젊은 작가

한 명을 더 들어보자면 최근에는 김혼비다. 몇 편의 에세이를 읽다가 그만 아아 이쯤 되면 이 사람은 작가들의 작가라고 해도 괜찮지 않을까, 하는 심정이 되고 말았다. 일곱 명의 작가가 함께 쓴 에세이집 『내가 너의 첫문장이었을 때』(웅진지식하우스)에서도 그의 글이 유난히 반짝거렸다.

그러나 누구나 이종범이나 류현진이 될 수 없고 누구나 김훈이나 김혼비가 될 수는 없으니까, 결국 평범한 나는 계속 연습해야 한다. 많이 던져야 하고 많이 써보아야 한다. 다만 '많이'라는 무책임한 말보다 '학술적 글쓰기'를 잘할 수 있는, 내가 아는 좋은 방법에 대해 말해두고 싶다.

내가 글쓰기를 일상의 영역으로 가져오는 것은 조금 나중의 일이다. 대학원에 있던 2015년까지는 학술적 글쓰기만 주로 했다. 논문을 쓰거나 읽었고, 논문을 쓰기 위한 1차 자료를 주로 읽었다. 지난하지만 그럭저럭 즐거운 시간이었다.

그러다 보니 내가 가장 잘하고 싶었던 글쓰기도 그것이었다. 잘 쓴 논문을 볼 때면 시기와 질투와 경외가 피어올랐다. '스타 연구자'들의 논문이나 단행본이 나오면 나와 같은 젊은 연구자들은 아이돌의 음반을 수집하듯 책꽂이에 두곤 했다. 2000년대 초중반 근대문학 연구의 봄날을 가져왔던 몇몇 연구자들의 이름이 떠오른다.

고백하자면 나는 스타 연구자는커녕 평범한 연구자에도 제대로 속하지 못했다. 논문이라는 글쓰기는 애초에 세 명만이 읽는다고 한다. 지도교수와, 심사위원과, 자기 자신이다. 농담 같지만 내가 쓴 것을 포함해 대부분의 논문이 그렇다. 단 한 번도 인용되지 못하고 정량심사를 위한 개인의 업적으로만 남는다. 나도 누구들처럼 많이 읽히는 논문을 쓰고 싶었지만 그게 불가능하다는 사실을 잘 알고 있었다. 그들이 젊은 시절에 쓴 논문과 그 시기 나의 논문을 비교해보면 항상 초라해지고 말았다. 그때는 잘 몰랐으나, 그들과 나의 다른 점이 지금에 와서야 조금은 보이게 됐다. 요약하자면, 나는 어렵게 쓰고 그들은 쉽게 썼다.

논문은 굳이 설명하지 않더라도 가장 어렵고 무거운 글쓰기 장르일 것이다. 많은 연구자들이 어렵게 논문을 쓴다. 여기에는 쓰기 어렵다는 뜻과 이해하기 어려운 문장으로 쓴다는 뜻이 함께 들어 있다. 쓰는 어려움이야 누구에게나 비슷하겠지만 그것을 어떠한 무게로 쓸지는 선택의 영역이다. 연구자들도 쉽게 이해하기 어려울 만큼 어려운 단어와 문장 구조로 쓰는 사람이 있고 중학생도 맥락을 이해할 수 있을 만큼 쉽게 쓰는 사람이 있다. 돌아보면 나는 별로 친절하지 않은 편이었다. 괜히 어렵게 써두고 '아아, 나도 이제 연구자인가…' 하고 기뻐했던 것이다.

기독교에서 가능성과 유용성을 발견한 이들은 그것이 개혁을 위한 사상 통합의 도구로 기능할 수 있다고 믿었다. 이러한 인식은 1910년대 중반부터 동경 조선기독교 청년회를 중심으로 일어난 것이며 많은 논쟁을 거치며 내재화되어갔다. (중략) 그러한 인식이 그들의 몇몇 작품에서 서사화되었다는 사실은 문학사적 연구에서도 가치가 있다.

위의 인용문은, 아, 이것도 사실 연구자의 언어겠다, 그러나 딱히 다르게 표현하기 어려워 그대로 쓰자면, 위의 인용문은 내가 쓴 석사학위 논문의 마지막 문단이다. 가능성, 유용성, 개혁, 사상 통합의 도구, 기능, 인식, 중심으로, 논쟁, 내재화, 서사화, 가치가 있다, 라는 쉽게 책임지기 어려운 단어를 남발하고 말았다. 나는 대략 이해할 수 있으나 타인이 보기에는 무슨 말인가 싶을 것이다. 인용하고 보는 것만으로도 어딘가에 숨고 싶은 심정이 된다. 그래서 모두의 석사학위 논문이라는 것은 당장 폐기해야 할 대상이 되는 모양이다.

박사과정 입학 전에, 이 석사학위 논문을 요약해 모 학술회의에서 발표할 기회를 얻었다. 학위논문이라는 것은 자신의 모든 것을 소진해 쓰게 되기 때문에 누구라도 공부를 많이 한 티를 낼 수가 있다. 덕분에 이래저래 좋은 반응을 얻었다. 발표가 끝나고 몇몇 연구자가 찾아와서 "공부 정말 열심히 하셨네요"라든가, "자극이 되었습니다"라는 인사를 하고 갔던 것이다. 내 인생에서 가장 충만했던 순간으로 지금도 남아 있다. 집에 돌아와 어머니께 "이거 이번에 쓴 거예요"라고 말하며 학술회의 발표집을 드렸다. 다음 날 밥을 먹는 중 어머니가 "어제 준 논문 읽었어, 정말 잘 썼더라"고 말해서 놀랐다. 그 재미도 없는 걸. 어머니는 이어서 다음과 같이 덧붙였다. "무슨 말인지 하나도 모르겠더라. 그러니까 잘 쓴 거겠지." 나는 그 순간 밥이 잘 넘어가지 않았다. 아니, 몇 년을 공부해서 결과물 하나를 간신히 내어놓았는데, 고등학교를 졸업한 나의 어머니가 전혀 이해하지 못할 글이었던 것이다.

그 이후 나는 글을 쉽게 쓰기로 마음먹었다. 하나의 문장을 써두고도 몇 번을 읽어나가면서 나의 어머니와 닮은 독자가 이해할 수 있는 단어와 문체를 사용했는지를 고민한다. 하나의 문장을 더 쓰고 나면 두 문장을 이어서 다시 읽는다. 문장과 문장이 이어지고 나면 그 리듬이 달라진다. 쉼표와 부사의 위치도 그에 따라 다르게 배치해야만 한다. 무조건 쉬운 단어를 선택해야 한다는 뜻이 아니다. 그 자리에 가장 어울리는 단어를 선택했는가를 살펴야 한다. 무조건 간결하게 문장을 써야 한다는 뜻이 아니다. 길게 써서 오히려 잘 읽히고 그 이후의 문장들에 힘을 싣는 효과를 주는 때도 있다. 쉽게 읽히게 하는 일은 타인을 설득해야 하는 학술적 글쓰기가 가져야 할 미덕이다.

충분한 물음표를 던지고 답하는 과정에서 언어가 발명된다

내가 아는 좋은 연구자들은 대개는 학부생도 쉽게 이해할 수 있을 만한 논문을 쓰고 강의를 했다. 그들은 자신이 연구하는 한 분야에서 '대가'라고 불리거나 그럴 만한 준비가 되어 있었다. 학술적 글쓰기를 잘하는 가장 좋은 방법은 결국 많이 공부해서 많이 아는 것이다. 어느 하나의 주제를 완전히 장악하고 있다면 그때부터는 자신의 언어로 그것을 풀어서 설명하고 타인을 설득할 수 있게 된다. 그러나 잘 모른다면,

자신이 읽은 1차 자료나 2차 자료의 언어를 빌려 대신 말하게 된다. 자신도 잘 이해하지 못한 내용을 타인에게 쉽게 설명할 수는 없다. 무언가를 어렵게만 쓸 수 있다면 그 대상에 대해 잘 모르는 것이다.

그래서 나는 글쓰기를 배우는 대학생들에게도 다음과 같이 말해왔다. "어려운 글과 말을 쓴다는 건 사실 그도 잘 모른다는 뜻입니다. 대학생인 여러분이 이해할 수 없을 만큼 어려운 글이라면 그건 대개 쓴 사람에게 문제가 있는 겁니다. 많이 공부하고 모두가 이해할 수 있게 자신의 언어로 풀어서 쓰는 좋은 저자들이 많고, 그들의 글을 읽기에도 시간은 부족합니다."

야구는 잘하는 사람이 잘하고 글쓰기도 잘하는 사람이 잘하지만, 결국 평범한 대부분은 상대 타자에 대해 잘 알아야 자신의 공을 원하는 대로 던질 수 있게 되고, 글감에 대해 잘 알아야 자신의 언어를 원하는 대로 쓸 수 있게 된다. 그것이 타인에게도 당연히 쉽고 편안하게 가서 닿는다.

학술적 글쓰기뿐 아니라 다른 영역의 글쓰기, 특히 에세이도 마찬가지다. 자기 자신에 대해서 잘 모른다면 스스로를 기반으로 한 글쓰기가 나오기는 어렵다. 충분한 물음표를 던지고 답하는 과정에서 자신과 독자를 편안하게 할 언어가 발명

된다. 모든 글을 쉽게 쓸 필요는 없다. 그러나 쉽게 쓸 수 없는 글이라면 그 대상을 공부하고, 이해하고, 더욱 사랑할 시간을 가져야만 한다.

07

글쓰기 슬럼프
극복하기

거리 두기

    학위 논문을 쓰는 건 몹시 외롭고 지난한 일이다. 모든 글쓰기가 그렇겠지만 논문이라는 글쓰기는 더욱 그렇다. 이 글을 써도 단지 세 사람(지도교수, 심사위원, 자기 자신)만 읽겠구나, 라고 생각하면, 정말이지 우주에 혼자 있는 기분이 되고 만다. 석사학위 논문을 쓰던 때의 나는 연구소에서 주로 시간을 보냈다. 예심을 앞두고는 며칠 동안 집에 들어가지 않고 연구소에서 먹고 자면서 논문을 썼다.

    외로움조차 감각하기 어려울 만큼 외로워지는 시간이었다. 그렇게 몇 개월 동안 하나의 글을 쓰다 보면 언젠가 더 이상 한 줄도 더 쓰기 어려운 어느 순간이 찾아오고 만다. 그러한 슬럼프 없이 쓸 수 있다면 다행이지만 논문이든 단행본이든 긴 글을 쓰는 누구나 겪게 되는 일이다. 그래서 며칠 동안 그 지독하게 외로운 시간을 보내면서 별별 생각을 다하게 되는 것이다. '무언가 잘못된 건가.' '처음부터 나는 이 글을 쓸 능력이 없었던 건가.' '그만두어야 하는 건가.' 논문을 쓰다가 나는 몇 번 울었는데, 나의 글에 감동해서라기보다는, 더 이상 막혀서 나아갈 수 없으니 답답하고 억울한 마음 때문이었다.

거리 두면, 비로소 보이는 것들

논문을 쓰다가 힘이 들 때면 나는 연구동 앞 벤치로 갔다. 거기에는 나와 닮은 대학원생들이 많았다. 서로 아는 척을 하지는 않아도 '고생 많으십니다' 하는 마음이 저마다의 몸짓에 묻어 있었다.

언젠가 내가 많이 힘들어 보였는지 박사과정을 수료한 한 선배가 무슨 고민이 있는지를 물어왔다. 그에게 "예심이 한 달밖에 안 남았는데 논문을 쓰는 게 너무 힘듭니다" 하고 답하자,

그는 자신이 논문을 계속 쓸 방법을 알고 있다고 했다. 나는 지 푸라기를 잡는 심정으로 그게 대체 뭐냐고 답을 재촉했고, 내 옆에 있던 다른 과정생 한 명도 어느새 그의 말에 귀를 기울이 고 있었다. 그는 석사학위 논문을 쓴 경험이 있고 지금은 박사 학위 논문을 쓰고 있는 사람이니까 무언가 답을 알고 있을 것 이었다. 그는 별로 대수롭지 않게 다음과 같이 말했다. "일주 일 동안 아무것도 하지 말고 놀아. 그럼 쓸 수 있을 거야."

나도 다른 과정생도 그게 뭐냐고 농담하지 말라고 얘기했 다. 그러자 그는 정색하면서 농담이 아니라고 지금 이 순간부 터 논문에서 손을 떼고 일주일 동안 어디 놀이공원에라도 다 녀오라고 말했다.

연구소로 돌아온 나는 노트북을 덮었다. 나중에 예심을 못 보게 되면 그를 찾아가서 "선배 때문에 망했잖아요" 하고 책임 을 돌리면 될 것이었다. 물론 그렇게 할 만큼 대학원이 가족적 인 분위기는 아니었으나, 다만 원망할 사람이라도 생긴 것이 다. 연구소 근무를 계속 서야 해서 놀이공원에 다녀올 수는 없 었다. 그래도 읽고 싶었던 소설이나 만화책 같은 것을 읽고 오 랜만에 술자리도 가지면서 일주일의 시간을 보냈다.

그리고 일주일째 되는 날, 연구소에서 노트북을 연 나는 논문을 읽으면서 다음과 같은 생각을 했다. '세상에, 이거 누가 쓴 거지.' 몇 개월 동안 붙잡고 있던 논문이었지만 내가 무엇을 쓰고 있었는지를 잊는 데는 일주일이면 충분했다. 논문을 읽어나가는 동안 고쳐야 할 부분들이 명확하게 보였다. 그동안 보이지 않던 것들이었다.

결국 선배가 얘기한 그 '일주일'은 단순히 몸을 회복하고 마음을 다잡는 시간이 아니었다. 정확히는 내가 타인의 눈으로 나의 글을 볼 여유를 확보하는 시간이었다.

나는 그 선배 덕분에 예심 전까지 필요한 만큼의 원고를 썼고 부족한 부분을 보완할 수 있었다. 예심에서도 흔히 '디펜스'라고 하는 과정 없이 심사위원들에게 "잘 썼네. 계속 쓰면 되겠네" 하는 말을 들은 것이 전부였다. 며칠 뒤 연구동 앞 벤치에서 그 선배를 다시 만났다. 그에게 감사를 전하자 그는 그럴 줄 알았다면서 자신도 사실 자신의 선배에게 들은 조언이라고 고백했다. 논문을 쓰다가 막혀서 몇 주 동안 방황하던 때 그러한 조언에 따라 2주 동안 아무것도 하지 않고 놀았다는 것이다. 그리고 돌아와서 논문을 다시 보니까 '이런 쓰레기를 누가 쓴 거지' 하는 마음이 되었다고 했다. 내가 나의 논문을 보았을 때의 마음이 정확히 그랬다.

나도 그 선배도, 선배의 선배도, 어쩌면 자신의 글을 사랑하게 되었는지도 모른다. 자신이 쓰는 글을 사랑하지 않을 사람은 없다. 그러나 그렇기에 자신의 글과 적당한 거리를 두는 시간이 필요하다. 아마 사람과의 관계도 마찬가지지 않을까 싶다.

실제로 오랫동안 곁에 두고 사랑해온 존재들에게서는 단점을 찾아내기 어렵다. 연애를 시작한 지 얼마 지나지 않았다면 그의 모든 것이 사랑스러워 보이기 마련이다. 그의 단점조차도 장점으로 보이고 어떤 조언이나 제안조차 할 수 없는, 그가 옳다고 믿게 되는 상태가 된다. 그러나 어떤 이유로든 마음이 멀어지고 나면 그가 고쳐야 할 무수한 단점들이 눈에 들어오게 된다. 글도 사람도 우리가 사랑하는 무엇이든 그렇다. 거리를 두는 객관적인 판단이 결국 좋은 글과 좋은 인간관계를 만들어낸다.

거리 두기 방법 두 가지

학위 논문 이후에 일반 논문을 쓸 때도 나는 그 '거

리 두기'라는 방법을 계속 이용했다. 그러나 그때마다 결과가 좋았던 것은 아니다. 내가 온 마음을 다해 쓴 글이라면 그러한 방법이 큰 도움이 되지만 나의 공부나 경험이 부족했기에 나아가지 못한 글이라면 거리 두기를 해도 그다지 나아질 것이 없다. 그런 경우에는 애꿎은 시간만 낭비하곤 했다. 논문이 아닌 글을 쓰게 된 지금도, 나는 계속해서 나의 글과 거리를 두고 있다. 이제는 여러 편의 글을 동시에 써야 하기에 일주일씩 거리를 둘 만한 여유는 없다. 매주 몇 편의 글을 마감해야 한다. 다만 나만의 두 가지 거리 두기를 하고 있다.

우선 글을 절반쯤 쓰고 나면 반드시 '딴짓'을 한다. 나는 자리에서 일어나면서 그동안 쓴 글들을 카카오톡에 옮긴다. 그리고 아무 생각 없이 근처 공원이나 시장 같은 곳을 걷는다. 이때 중요한 건 비우는 일이다. 굳이 다른 복잡한 일을 만들거나 고민하지 않는다. 어떤 감정이나 경험을 만들어내고 나면 그것이 글에 반드시 영향을 미친다. 걷다가 문득 카카오톡을 본다. 내가 붙여 넣은 글들을 스크롤하면서 읽어나간다. 그러면 노트북 모니터로 볼 때와는 다르게 새로운 맥락이 보인다. 교정해야 할 부분들을 카카오톡에 메모하면서 읽어나가고, 그다음을 어떻게 구성해야겠다는 구상을 마치고, 다시 글을 쓰던 자리로 돌아와 그 문장들을 고친다.

『대통령의 글쓰기』(메디치미디어)로 유명한 강원국 작가도 자신의 글쓰기 작법서에 "글을 쓰다가 30분 동안 산책을 다녀온다"라고 써두었다. 그건 아마도 자신의 글을 타인의 눈으로 다시 읽을 여유를 확보하는 시간일 것이다. 글을 오래 써온 사람일수록 자신의 글을 빠르게 객관화하는 능력이 탁월하다. 30분의 산책으로 충분한 시간을 얻는 것이다.

그에 더해, 도무지 딴짓을 할 시간이 없을 때는 한 문장을 쓸 때마다 여러 번 다시 읽는다. 그때는 나 자신이 아니라 처음 문장을 읽는 것처럼 무수한 타인이 되어야 한다. 내가 사랑해야 할 그 글을 타인의 눈으로 읽는 과정이라 할 수 있겠다. 문장이 완성되면 문장과 문장을, 문단이 완성되면 그 문단을 다시 읽어나간다. 이때 나에게 가장 트집을 잘 잡는 까다로운 누군가의 몸과 마음이 되어보면 가장 좋다.

나는 글을 잘 쓰는 사람들은 사실 '변명'을 잘하는 사람들이 아닌가 한다. 잘못을 고백한다는 뜻이 아니라, 누군가가 불편해하거나 아파할 만한 지점들을 그들의 처지에서 사유해보면서 포착하고 다듬어나가는 것, 그 역시 변명이다. 그렇게 끊임없는 변명을 하며 타인의 마음을 움직이는 일이 결국 글쓰기다. 그래서 우리는 타인을 상상하면서 완벽한 타인이 되어 글을 써야 한다. 그건 자신의 글이 아니라고, 나는 그런 구차한 방식 대신 나의 글을 쓸 것이라고 호기롭게 말하는 사람들도 분명히 있겠으나, 눈치를 보는 나도 결국 나의 모습일 수밖에 없다. 자신과 타인을 함께 살피고 사랑해나가는, 어쩌면 그게 가장 순수한 자기 자신일 것이다.

08

글을 쓸 핑계를
만들어야 한다

　석사학위를 받은 이후, 나는 10학기 동안 네 편의 논문을 썼다. 석사학위 논문까지 포함하면 다섯 편을 쓴 셈이다. 매년 한 편, 이만하면 그럭저럭 성실한 대학원생이었다고 할 만하다. 많이 인용되는 훌륭한 논문을 썼느냐고 하면 별로 자신은 없지만 평균만큼은 쓴 편이었다. 논문은 연구자가 정규직으로 임용되는 데 큰 영향을 미친다. 학술진흥재단은 각 학회나 연구소에서 발행하는 정기간행물에 등급을 정해두었다. '학진등재지'가 있고 '등재후보지'가 있고 '등외지'가 있다. 어디에 게재되느냐에 따라 임용 시 받는 가산점이 다르다. 그래서 특별한 이유가 있는 게 아니라면 등재지에 논문을 발표하려 한다. 쉬운 일은 아니지만 아주 어려운 일도 아니다. 심사에서는 등재지에 얼마나 많은 논문을 발표했는가 하는 정량적 평가가 이루어진다. 그러니까 많이 쓰는 게 중요한 것이다.

논문을 얼마나 많이 쓰는가도 중요하지만 언제 많이 쓰느냐도 중요하다. 임용 심사에서는 최근 3년 동안의 연구 업적만 반영 대상이 된다. 그래서 연구자들은 일부러 논문을 발표하지 않고 있다가 임용을 앞두고 여러 편을 발표하기도 한다. 내가 대학에서 나오던 2015년에는 논문의 피인용지수를 반영하겠다는 공문이 오기도 했지만, 그게 현장에서 어떻게 적용되고 있는지는 잘 모르겠다. 나도 임용 심사를 앞둔 모 선배의 논문 집필을 도운 일이 있다. 그는 3개월 동안 몇 편의 논문과 두 권의 단행본을 내려고 했다. 박사과정이었던 나는 수료생 선배 몇 명과 함께 그가 인용할 자료를 정리해주었다. 그는 개인적인 일을 부탁해 고맙고 미안하다면서 도와준 후배들에게 얼마간의 수고비를 주었다. 적지 않은 액수였다. 그는 후배들이 모두 좋아하는 훌륭한 연구자였다. 그 수고비와 관계없이 모두가 그를 응원하는 마음으로 도왔다. 그는 결국 정말로 세 편의 논문과 두 권의 단행본을 내는 데 성공했다. 다만 그렇게 하고도 임용에는 실패했다. 나를 비롯해서 그를 도운 후배들은 한동안 우울했다. 그의 성공이 희망의 증거가 될 것이었기에 그의 실패는 절망의 증거가 되었다. 자신이 교수나 교수 비슷한 사람이 될 수 있을 것이라는 환상을 모두가 다시 떨어낼 수밖에 없었다.

울면서라도 글을 쓸 연재처를 만들어라

논문을 계속 쓰게 하는 성실함은 저마다의 간절함에서 나온다. 임용을 위해 단기간에 열 편이 넘는 논문을 써낸 연구자들은 교수 임용이 되고 나면 이전처럼 많이 쓰지는 않는다. 나는 연구소의 조교로 일하면서 소속 교수들의 연구 업적을 2년마다 한 번씩 정리한 일이 있는데, 3년 동안 단 한 편도 발표하지 않은 교수들이 절반 정도 되었다. 그 자료를 본 후배는 나에게 "저 사람들은 왜 교수를 하는 거야" 하고 말했다. 매년 업적이라 할 만한 논문을 꾸준히 써내는 교수들도 있었지만 대개는 그렇지 않았던 것이다(연구소의 교수들은 대개 1980~1990년대에 임용된 사람들이었다). 그에 더해 논문을 계속 쓰게 하는 성실함은 저마다의 절박함에서도 나온다. 내가 공부한 학과에서는 시간강사들에게만 적용되는 다음과 같은 내규를 만들어두기도 했다. "3년 동안 세 편 이상의 논문을 발표한 사람에게만 다음 학기 강의 자격을 준다." 그때부터는 다들 매년 한 편의 논문을 어떻게든 써냈다. 강의를 해야 생계를 유지할 수 있다는 절박함이 모두에게 글을 쓰게 했다.

논문이 아니더라도 단순히 '쓰고 싶다'는 마음만으로 계속해서 글을 써나갈 수 있는 사람은 별로 없다. 사람은 그렇게 성실할 수 없는 법이다. 2016년에 어느 독서 모임에서 나를 초청해서 물은 일이 있다. 무척 성실하게 글을 쓰는 것 같은데 자신은 그럴 자신이 없다고, 어떻게 그럴 수가 있냐고. 지금도 사실 후회되는 일인데 나는 그때 멋진 답을 주고 싶었던 것 같다. 나는 그에게 아직은 쓰고 싶은 글이 많고 무엇보다도 아이를 생각하면 성실하게 살게 된다고 답했다. 거짓은 아니었지만 진짜 이유라고 하기에는 민망한 것이었다. 그건 어쩌면 답이라기보다는 나에게 하는 다짐이었는지도 모르겠다.

나는 별로 성실한 사람이 아니다. 대학원에서 매년 한 편의 논문을 꾸준히 쓴 것도 사실은 그 내규 때문이었고, 대학에서 나와서 2015년부터 2020년까지 여섯 권의 단행본을 쓴 것도 모두 출판사와 선계약을 했기 때문에 가능했다. 처음으로 선계약을 한 책인 『대리사회』는 마감을 앞두고 몇 개월 만에 원고지 800매가량을 써냈다(A4 규격으로 환산하면 100쪽 가까이 된다). 쓰고 싶은 글이 많았던 때이기도 했지만 카카오 스토리 펀딩에 매주 두 편씩을 연재했기에 가능한 일이었다. 무리한 일정이기는 했으나 밤을 새든 아이의 얼굴을 보는 일을 포기하든 하면서 어떻게든 매주 마감해나갔다. 연재 일정을 잡지 않았다면 『대리사회』가 그렇게 기획부터 출간까지 몇 개월 만에 이어지기란 아마 어려웠을 것이다.

출판사가 기획 단계에서부터 계약을 한 작가들은 그것이 계속 써야 할 이유가 되어주지만 기약 없이 글을 써나가야 한다면 마땅한 마감의 이유가 없을 것이다. 그러면 연재처를 만들어야 한다. 매주 한 편이든 두 편이든 연재할 곳을 마련하고 나면 울면서라도 글을 쓰게 된다. 물론 연재처라는 팔자 좋은 곳이 모두에게 존재하지는 않는다. 지면이라는 것은 그렇게 쉽게 얻을 수 있는 게 아니다. 그래도 역시 만들어내야 한다.

어떻게 글을 쓸 동력을 제공할 것인가

김혼비 작가의 글쓰기 강연을 들으러 간 일이 있다. 그가 추천한 방식은 '글쓰기 계'를 만드는 것이었다. 일주일에 한 편이라도 서로 마감하겠다는 약속을 하는 모임이다. 다섯 명 내외의 사람들과 만들어보면 계속해서 글을 쓸 수 있을 것이라고 했다. 서로가 서로의 연재처가 되어주는 것이다. 느슨한 방식이어서 책임감이 떨어질 수는 있겠다. 그러나 그는 현실적이고 멋진 대안을 제시했다. "글을 안 보낼 때마다 벌금을 내면 돼요. 그러면 돈이 아까워서라도 쓰게 되거든요." 말하자면 이건 원고료를 받는 연재가 아니라 글을 보내지 않으면 벌금을 내는 방식의 연재인 것이다. 카카오톡 메신저로 매주 A4 한 쪽의 에세이를 주고받는 모임이 있고 마감을 지키지 않았을 때는 5만 원의 벌금을 낸다든가 하면 어떨까. 아예 10회 연재를 약속하고 50만 원을 예치해둔 다음 글을 보낼 때마다 5만 원씩을 돌려받는 것이다. 글을 보내지 않으면 그 회차의 돈은 돌려받을 수 없다. 그리고 10주가 지나고 결산해서 모인 돈은 가장 성실하게 연재한 사람이 가져가거나 혹은 나눠 갖는 것이다. 그러면 원고를 보낼 때마다 원고료를 받는 기분도 나고 적어도 손해 보지 않기 위해서 계속 글을 쓰게 될 것 같다.

글쓰기 계는 나도 추천하고 싶은 방식이다. 다만 거기에 하나의 조건을 더하고 싶다. 아는 사람이 아니라 모르는 사람들과 함께해야 한다는 것이다. 나와 친한 사람들은 나와의 관계를 유지하기 위해 대개 좋은 말을 해준다. 아니면 적당히 친한 사람들을 더욱 경계해야 한다. 관계를 개선하기 위해서 좋은 말만 할 확률이 높다. 나도 가까워지고 싶은 사람에게 굳이 싫은 말을 건넬 만한 용기는 없다.

모임을 만들기란 쉬운 일은 아니지만 그래도 우리 주변에는 글을 쓰고 싶어 하는 개인들이 많이 있다. 그들과 만나 시즌별로 글쓰기 계를 조직해보는 것도 좋겠다. 정 찾기 어렵다면 믿을 만한 친구와 함께 시작하고, 각자 상대방이 모르는 친구 한 명씩을 더 데려와도 괜찮겠다.

고백하기 부끄럽지만, 나는 조금씩 더 불성실해진다. 매년한 권씩의 책을 쓰고는 있지만 그나마 2016년과 2017년 사이에 연재하던 글을 모은 것이 많다. 계약해두고 쓰지 못하는 책이 몇 권 있고 그 생각을 하면 계속 마음이 무겁다. 나만 그런 것이 아니라 계약일을 지키지 못하고 그것을 '글빚'이라 포장해 부르는 작가들이 많다. 편집자들을 만나보면 저마다 받지 못한 원고가 많고 결국 포기했다고 말하기도 한다. 사실 출판도 제조업으로 분류되는데 제때 물건이 넘어오지 않으면 편집자도 출판사도 일을 할 수가 없다. 출판계처럼 느슨한 업계도 별로 없을 것이다. 작은 출판사일수록 계약한 원고를 받지 못하면 출간할 수 있는 책이 별로 없다. 모 1인 출판사 대표는 어떤 작가와는 "계약일을 하루 어길 때마다 인세에서 1000원씩 제함"이라는 문구를 넣었다고 한다. 그래서 어떻게 되었느냐고 묻자 "결국 80만 원쯤 진짜로 덜 드렸습니다" 하고 답했다. 그러니까 계약일에서 800일이 늦은 것이다. 어쩌면 작가가 출판사에 인세를 더 주고 출간해야 하는 일이 벌어졌을지도 모르겠다.

어떻게 계속해서 글을 쓸 이유와 핑계를 만들어낼 수 있을까, 하는 것이 나의 숙제이기도 하다. 내가 운영하고 있는 1인 출판사 정미소에서도 계약을 하고 아직 원고를 주지 못하고 있는 몇 명의 작가들이 있다. 그들에게 어떻게 계속 글을 쓸 동력을 제공할 수 있을 것인가 하는 숙제도 함께다. 우선은 나도 마감일을 지키지 못한 단행본 원고가 있으니 그에 대한 반성이 먼저이고.

09

모든 글에는
이름표가 있다

박사과정을 수료하고부터는 대학에서 글쓰기 교양과목 강의를 하게 됐다. 많은 대학에 '글쓰기'나 '대학국어'라는 이름의 필수교양이 있다. 졸업 요건을 채우기 위해 문과생뿐 아니라 공대생과 의대생까지 모두가 이수해야 한다. 이 중요한 강의의 교수진은 대개 해당 대학의 국어국문학과에서 배정한다. 그래서 대학원 과정이 있는 대학의 경우, 우선으로 본교의 박사 수료생들에게 강의를 맡긴다. 사학과와 철학과의 대학원생들은 이를 꽤 부러워했던 듯하다. 생계를 꾸려나가는 데 큰 도움이 되기 때문이다. 내가 다닌 대학도 사정이 비슷했다.

처음 강의실 앞에 섰을 때의 두려움을 지금도 잊을 수가 없다. 학생회관에 있는 구두 수선점에 가서 난생처음으로 돈 주고 구두를 닦았다. 그때 주인이 "멋쟁이들은 구두를 항상 깨끗하게 닦죠"라며 건넨 말이 아직도 기억에 남는다. 나는 원래 멋과는 거리가 있는 사람이어서 그 이후에는 돈을 들여 구두를 닦은 일이 없다. 다만 학생들과 만나는 첫 순간이 그만큼 두려웠던 것이다. 설렘으로 규정할 수도 있겠으나 그보다는 '내가 누구를 가르칠 자격이 있는 사람인가', '뭘 가르치지', '내 목소리 이상한데' 하고 강의를 시작하기 전부터 계속 움츠러들었다. 그 시기를 『나는 지방대 시간강사다』에 기록해둔 덕분에, 내가 느꼈던 감각을 '두려움'으로 규정해둘 수 있다.

사람은 어쩌면 자신이 가졌던 두려움의 크기만큼 성장할 수 있는지도 모른다. 나는 학생들 앞에서 조금씩 나은 인간이 되어갔다. 가르치는 사람으로서뿐 아니라 김민섭이라는 개인으로서도 그랬다. 몇 가지의 원칙을 정해두기도 했다. 그중 중요한 하나는 학생들의 글을 평가할 때 그들의 이름과 학번을 보지 않는 것이었다. 읽고, 평가하고, 그 후 점수를 입력하면서 그가 누구인지를 보았다. 왜 그랬느냐고 하면 괜한 선입견을 가지면 안 되었기 때문이다. 이름을 보는 순간 강의실에 앉은 그의 모습이 떠오르고, 그러면 글이 아니라 사람을 평가하게 된다.

미운 사람과 덜 미운 사람은 어디에나 있다.

누구의 글인지 알 것 같은 기분

그렇게 학기의 반이 지나가다 보면 재미있는 경험을 하게 된다. 이름과 학번을 가리고 본문을 읽어도 그가 누구인지 맞히게 되는 것이다. 한 반에 40여 명의 학생이 있었는데 그 절반 정도는 이름이 없어도 누구인지 알 수 있었다. 그가 쓰는 단어, 문장, 여러 가지 버릇, 글씨, 사람까지 모든 요소가 합쳐지면서 저마다의 주인을 알렸다. 그래서 나는 연구실에서 학생들의 글을 채점하다가 그 이름을 맞히고 나면 아, 역시, 이건 내가 아니면 아무도 모르지, 하고 소리 없이 웃곤 했다. 누가 봤다면 참 민망한 광경이었을 것이다. 글에서 그들의 이름표를 발견하는 일이 작은 즐거움을 주었다.

그런데 이러한 경험은 이미 하고 있었다. 함께 공부하는 선후배들이 쓴 논문에서도 그들의 이름이 보였다. 같은 대학원

수업을 들으면서 일주일에도 몇 번씩 서로의 발제문을 보았으니까, 우리는 누구보다도 서로를 잘 알았다. 사실 논문이라는 건 형식이 정해져 있다. 연구사를 검토하고, 용어를 정의하고, 인용하고, 판단하고, 정리한다. 어차피 연구하는 시기도 다들 비슷하니 그 글을 식별하기란 쉽지 않을 것이다. 물론 논문을 잘 쓰는 사람과 못 쓰는 사람은 존재했다. 연구자라고 해서 모두 글을 잘 쓰는 것이 아니다. 기본적인 맞춤법을 틀리거나 여기저기 비문투성이인 논문도 정말로 많다. 공부를 좀 하다 보니 논문이 어려운 가장 큰 이유는 쓴 사람이 잘 못 썼기 때문이기도 하구나, 하는 것을 곧 알게 됐다. 그러나 잘 쓰고 못 쓰고를 떠나서 각자를 식별할 수 있는 글쓰기의 여러 버릇이 있었다.

어떤 선배는 이해를 돕기 위한 예시를 들 때 '예컨대'라고 썼다. 누군가는 '예를 들면'이라고 했고, '가령'이라든가 '이를테면', '그 예로'라고 쓰기도 했다. '예컨대 선배'는 논문을 가장 잘 쓰는 사람이었다. 그가 논문을 읽어가다가 목소리를 가다듬고 "예컨대"라고 말하면 모두가 숨을 죽이고 그의 다음 말을 기다렸다.

그야말로 글과 사람이 지닌 멋이 있는 그대로 느껴졌기 때문이다. 나를 비롯해 여러 후배가 그의 뒤를 따랐다. "예컨대"가 남발된 논문들이 나오기 시작한 것이다. 학풍이라고 하기는 민망하고 유행 정도라고 하면 알맞겠다. 석사 1학기 후배가 발제를 하며 "예컨대"라고 하기에 모두 힘들게 웃음을 참았던 기억도 있다.

그러나 한 사람의 글에 달린 이름표라는 것은 그렇게 쉽게 따라잡을 수 있는 것이 아니다. 그 선배는 "예컨대"를 비롯해 자신의 고유한 표현을 여기저기 남발하지 않았고 누구라도 필요하다고 느낄 법한 그 부분에 그것들을 집어넣었다. 예컨대, 그는 문장을 참 잘 썼다. 문장만 잘 쓴 게 아니라 문장과 문장도 잘 썼고, 문단도 잘 썼다. 하나의 문장은 그대로는 별게 아니지만 여러 개의 문장을 이어나가는 힘은 아무나 가지는 것이 아니다. 그에 따라 쉼표를 넣고 빼고, 조사를 붙이고 떼고, 어미의 반복을 피하고, 하는 여러 작업이 함께 이루어져야 한다. 그런 개인의 글쓰기 버릇이 한 사람의 이름표를 만들어 낸다. 이것을 스타일이라거나 작법이라고 불러도 좋겠다.

나는 '책장 위 고양이'라는 에세이 구독 서비스를 만들어 참여한 일이 있다. 김민섭, 김혼비, 남궁인, 문보영, 오은, 이은정, 정지우, 이렇게 일곱 명의 작가가 돌아가며 매일 아침 한 편의 에세이를 구독자들에게 보냈다. 작가들은 매주 주어진 같은 주제로 글을 썼다. 편집자는 일부러 메일의 제목과 본문 상단이 아니라 글의 마지막 부분에 작가의 이름을 넣었다. 처음에는 독자들에게서 "작가님의 이름이 궁금하니 메일 제목이나 본문 첫 줄에 넣어주세요"라는 요청이 왔다. 그러나 얼마 지나지 않아 "저는 요즘 제목만 보고도 작가의 이름을 거의 맞힐 수 있게 되었고 이게 무척 재미있습니다"라는 메일이 오기 시작했다. 그들은 대개 들떠 있었다. 작가와 더 가까워진 기분이 되었다고도 했고 자신에게 그러한 능력이 있었다는 데 감탄하기도 했다. 누군가의 글에서 이름표를 발견하는 일은 이처럼 즐거움을 준다.

누군가가 곁에 두고 싶어 하는 글

글쓰기 강의를 듣는 학생들은 모두 글을 잘 쓰고 싶어 했다. 내가 그들에게 해준 중요한 조언 중 하나는, 롤모델을 만들어야 한다는 것이었다. 도서관이나 서점에 가서 표지가 마음에 드는 몇 권의 책을 살펴보라고, 그래서 몇 줄을 읽다가 눈에 들어오지 않으면 내려놓고, "어, 이 사람 글 되게 잘 쓴다. 잘 읽힌다"라는 판단이 들면 그 사람이 쓴 책을 몇 권 구해서 읽어나가라고 했다. 내가 예컨대 선배의 논문을 많이 읽고 따라 했던 것은 그의 글이 잘 읽혔기 때문이었다. 그는 정해진 대로만 쓰는 것이 아니라 읽는 사람을 배려하며 정갈하게 써갔다. 그런 사람의 글은 대개 여러 사람의 마음에 들기 마련이다. 누군가의 글은 더욱 마음에 와서 닿는다. 그건 아마도 자신이 추구하는 글쓰기와 닮았기 때문일 것이다. 그러면 그때부터는 그에게 배우면 된다.

대신 남들이 잘 쓴다고 해도 그의 글이 어렵거나 어딘가 불편하게 느껴진다면 그의 글은 읽지 않아도 괜찮다. 그건 내 글이 아닌 것이다. 정확하게는 나와는 결이 다른 사람이 쓴 글이다. 네 맛도 내 맛도 아닌 음식을 굳이 먹을 필요가 없는 것처럼 나에게 편안함을 주는 글을 쓰는 작가의 글을 더 찾아 읽을 필요가 있다. 롤모델이라기보다는, 저마다 '최애작가'라고 이야기할 만한 가장 사랑하는 작가를 만들어야 한다.

나에게도 스무 살 남짓한 시절에 그러한 최애작가들이 있었다. 조세희 작가와 김훈 작가의 소설을 읽으면서는 짧은 호흡의 문장이란 이렇게 써야 하는구나, 하는 것을 배웠고, 박민

규 작가의 소설을 읽으면서는 문단과 문단은 이렇게 써야 하는구나, 하는 것을 배웠고, 유시민 작가의 글을 읽으면서는 정갈하게 글을 쓴다는 건 이런 것이구나, 하는 것을 배웠다. 내가 좋아하는 그들의 글에서 자연스럽게 배우고 싶은 부분들을 배웠다. 필사하는 노력 등을 한 것은 아니고 같은 글을 여러 번 읽으면서 마음에 드는 부분들을 몰래 내 것으로 만들었다. 그대로 베껴 왔다는 게 아니라 그것을 다시 나에게 어울리는 방식으로 조합해나갔다.

예컨대, 대학생의 리포트에도, 대학원생의 논문에도, 작가의 에세이에도, 모두 저마다의 이름표가 있다. 우리는 조금 더 나에게 편안함을 주는 글을 찾아 곁에 두어야 한다. 그것이 나의 언어를 찾고 완성시키는 데 도움을 준다. 그렇게 우리도 스스로의 이름표를 만들어가야 한다. 글을 잘 쓰는 것보다 중요한 건 나만의 언어로 글을 쓰는 것이다. 그러면 나의 글을 곁에 두고파 하는 누군가가 조금씩 생기고 꾸준히 써나가던 어느 날 그들은 나의 팬덤이 되어 나타난다.

10
글쓰기의 시작은
가장 가까운 데서부터

물음표로 시작하는 글쓰기

대학교에서 시간강사로 일하는 동안 나는 주로 질문하는 사람으로 살았다. 강의실에 모인 학생들에게 "이건 어떤가요." "저건 어떻게 생각하나요." 묻는 것이 나의 역할이었다. 그러나 스스로에게 얼마나 질문하는 사람으로 살았는가 하면 별로 자신이 없다. 시간강사 동료들과 만나서도 대개 비슷했다. 누가 연구실에 늦게까지 남아 있다느니 누구는 논문을 쓸 생각이 없는 것 같다느니, 하고 서로에 대한 걱정을 하기도 했지만, 우리가 고민하고 분노하는 대상들은 대개 먼 데 있었다. 한국 사회는 무엇이 문제라고, 기후 문제가 심각하다고, 미국 대통령이 누가 될 것 같다고, 대학 바깥 어디의 노동 환경이 가혹한 것 같다고 이야기를 나눴다. 먼 곳의 부조리에는 쉽게 분노하면서도 정작 자기 자신과 주변에 대해서는 물음표를 만들어내지 않았던 것이다.

우리가 아는 훌륭한 사람들은 자기 자신에게 물음표를 만들어내고 거기에 답하며 성장해나가는 듯하다. 그런 그들에게는 '사유한다', '성찰한다', '인문학적이다'와 같은 수식이 붙는다. 하지만 나를 비롯해 많은 평범한 사람들이 먼 곳에 질문을 던지고는 답을 얻지 못해 좌절한다. 혹은 하나 마나 싶은 답을 내고는 자신의 정의로움에 만족한다. 그러나 그런 우리에게도 스스로에게 질문을 하게 되는 날이 찾아온다. 내가 왜 이런 처지가 되었지, 내가 왜 이런 부당한 일을 당해야 하지, 하는 곤란한 처지가 되었을 때, 사람은 스스로에게 묻게 된다. 지금까지 잘 살아온 것인지, 행복하게 지내온 게 맞는지, 나는 여기에서 무엇으로 존재해온 것인지, 하고.

나는 결혼을 준비하면서 자연스럽게 그런 일을 겪었다. 결혼을 앞두고 사람들은 프러포즈라는 것을 한다. 나는 아내에게 두 개의 프러포즈를 했다. 먼저, 나는 대학에서 시간강사로 일을 하고 있다, 방학 중에는 월급이 나오지 않고 학자금 대출도 많이 밀려 있다, 내가 당신에게 줄 수 있는 생활비는 한 달에 80만 원 정도다, 어쩌면 이것도 주기 어려울지 모르지만 어떻게든 벌어보겠다, 괜찮을까, 하는 것이었다. 그때 아내는 내가 돈을 못 버는 건 알았지만 생각보다도 더 못 버는 것 같다고, 두 번째는 뭐냐고 물었다. 그래서, 우리가 혼인신고를 안 하면 좋겠다고 말했다. 아내가 나에게 그 이유를 물어서, 우리의 건강보험이 각자 아버지의 피부양자로 들어가 있는데 혼인신고를 하면서부터는 독립된 세대가 되고 건강보험에 따로 가입해야 한다고, 그런데 대학에서는 건강보험을 보장하지 않기 때문에 지역가입자가 되어야 하고 한 달에 10만 원을 넘게 내야 한다고 답했다. 대학에서 건강보험 직장 가입자를 보장해주었다면 한 달에 3만 원 내외만 부담하면 되었을 것이다.

뭔가 참, 말도 안 되는 프러포즈였다. 아내는 그러면 혼인신고를 하지 말자고 하고는 별말이 없었다. 언젠가 선배들에게 혼인신고를 못 하고 결혼하게 됐다고 하자 그들은 웃으면서 답했다. "민섭아, 우리도 혼인신고 못 했어." 나만 그런 게 아니었다. 대학에서 강의를 하고 논문을 쓰고 누군가에게 교수님으로 불리기도 하는 그들은 자신의 결혼을 증명하지 못하는 사람들이었다. 그때 처음으로 다음과 같은 물음표가 생겼다. 이 사람들은 괜찮은 건가, 이 대학이라는 공간은 괜찮은가, 무엇보다도 나는 괜찮은 건가, 이 대학에서 노동자이자 사회인으로 잘 살아가고 있는 건가. 나는 거기에 답을 할 수 없었다.

　나는 아이가 태어난 이후 혼인신고를 했다. 그 이후 건강보험을 보장받기 위해 맥도날드에서 물류 상하차 아르바이트를 했다는 것은 2015년부터 『나는 지방대 시간강사다』라는 책에서 한 해묵은 이야기다. 다시 꺼내는 건 동어반복이 될 듯하다. 거기에서 일하며 얻은 게 있다면 몇 개의 물음표였다. 왜 지식을 만드는 대학이 햄버거를 만드는 맥도날드보다도 사람을 사람답게 대하지 않는가, 하는. 거기에 답하기 위해 연구실에서 처음으로 논문이 아닌 글을 한 편 썼다. 그 글의 제목이 '나는 지방대 시간강사다'였다. 나도 모르게 써 내려간 A4용지 세 쪽 분량의 글에는 내가 왜 공부를 시작했고 그 공부를 계속하기 위해 어떤 삶을 살고 있는지, 하는 내용이 담겨 있었다.

저마다의 골목에서 나아가는 글쓰기

글을 써나가면서, 그동안 내가 스스로에게 질문하지 않는 사람으로 살았다는 것을 알았다. 인문학 수업을 하면서는 학생들에게 자기 자신으로 잘 살아가야 한다고, 그리고 주체적인 개인으로 질문에 답할 수 있어야 한다고 말하면서도, 정작 나 자신이 그렇지 않은 사람으로 살아가고 있었다. 그러나 글을 쓰는 나는 나로서 현상을 바라보고 사유하고 스스로와 주변을 향한 물음표를 만들어내고 답해나가는 사람이었다. 그러면서 내가 어떠한 구조 안에 있는가를 함께 돌아보게 됐다. 나에서 출발한 물음표는 주변 연구자들에 대한 물음표로, 그리고 대학과 사회에 대한 물음표로 확장되어나갔다. 그러면서 결국 구조 안에서 살아가는 개인들이 필연적으로 거기에 잠식될 수밖에 없고 그 안에서는 갑도 을도 결국 피해자가 될 수밖에 없음을 알았다. '나는 괜찮은가' 하는 물음표가 당신은, 우리는, 사회는, 하는 것으로 이전과는 다르게 건강하게 확장되어갔다.

무엇보다도 타인을 조금은 더 사랑하게 됐다. 그 변화는 강의실에서도 느낄 수 있었다. 대학 강의실의 자리는 정해져 있

지 않은데도 늘 앞자리에 앉는 학생들이 있다. 좋은 학점이 필
요한. 장학금을 받아야 해서, 편입을 해야 해서, 취업을 해야
해서, 그들은 교수와 가까운 자리에 앉는다. 그들의 모습은
참 예쁘다. 발표도 잘하고 대답도 잘하고 항상 웃고 있다. 그
런 그들을 예뻐하지 않을 수는 없다. 그래서 많은 교수들이 앞
에 앉은 그들과 소통하고는 나와서 오늘 강의가 참 잘되었다
고 말하곤 한다. 나도 의식하지 않으면 주로 그들만 바라보다
가 강의실에서 나오게 됐다. 맥도날드에서는 12시에 일이 끝
났고 1시부터 대학 강의가 있었다. 강단에 서면 앞이 깜깜하
고 다리가 후들거리거나 했다. 그러나 이상하게도 모든 학생
들의 모습이 한눈에 들어오는 그런 경험을 했다. 이전보다 시
야가 넓어졌다는 것을 알았다. 왜 그럴까 생각해보면, 당신이
앞에 앉아 있든 뒤에 앉아 있든 여기가 아닌 당신의 자리 어딘
가가 반드시 있을 것이고 거기에서 삶을 영위하기 위해 분투
하고 있겠구나, 당신의 자리에서 당신이 어떻게 살아가고 있
는지 나는 알 수 없으니 당신을 존중할 수밖에 없겠구나, 하는
마음이 되었던 것이다. 뒤에 앉아 졸고 있는 그가 밤새 편의
점 아르바이트를 하고 왔는지도 모를 일이었다. 나도 강의실
에서는 교수님이었지만 몇 발만 움직이면 맥도날드 아르바이

트생이었다. 그 학기는 무언가 좀 이상했다. 학기가 끝나면 앞에 앉은 학생들이 수업을 잘 들었다고 인사를 하러 온다. 학점을 잘 달라고 하는 말인 것을 안다. 그런데 가장 뒤에 앉았던 학생들이 나에게 와서 수업을 잘 들었다며 꾸벅 인사를 하고 나갔다. 내가 다른 학기보다 조금 더 좋은 사람으로 한 학기를 살았다는 것을 알았다.

스스로를 향한 물음표에 답해나간다면 그 과정에서 다른 사람의 모습이 눈에 들어오게 된다. 가까운 데서 출발한 물음표는 먼 데까지 전달된다. 이어서 쓴 『대리사회』라는 책은 나에서 사회로 확장된 물음표에 답한 것이다. 그러나 먼 데서 출발한 물음표는 잘 돌아오지 않는다. 최인훈이 『광장』의 프롤로그에 썼듯, 누군가는 거대한 코끼리의 죽음을 찾아다니고 거기에서 무엇도 보지 못하지만, 누군가는 흩날리는 민들레 홀씨에서도 모든 세상을 본다. 사회라는 광장에 이르는 길은 저마다의 골목에서부터 시작되기 마련이다. 우리는 자신의 집에서 나와 좁은 골목을 지나며 나와 결이 맞는 친구들을 만나고 그들과 연결되고 함께 광장에 이른다. 그러한 여정을 거친 글쓰기는 조금 더 건강하고 단단하게 한 사람을 드러낸다.

11

자신을 소개하는 글쓰기

자기소개서의 첫인상

살면서 자기소개서라는 것을 써야 할 일이 별로 많지 않았다. 나의 친구들이 구직 활동을 하는 동안 나는 계속 대학에만 있었다. 팔자가 좋았다고 해야 할지 모르겠으나 나는 나름대로 대학을 나의 처음이자 마지막 직장으로 믿었다. 그에 따라 나를 소개하기 위한 스트레스를 받을 일이 별로 없었다. 대입 자기소개서야 "저는 글 쓰는 사람이 되고 싶어서 국어국문학과에 진학합니다"라고 쓰면 되는 것이었고, 대학원에 들어갈 때는 "공부가 재미있어서 계속해보고 싶고 언젠가 저의 문학사를 꼭 완성해보고 싶습니다"라고 쓰면 되는 것이었다. 대신 일을 하기 위한 자기소개서는 딱 한 번만 써보았다. 2000년대 중반, 나는 군대에서 막 전역했고 그 시기의 남성들이 대개 그렇듯 복학 전까지 무슨 일이라도 해야겠다 싶었던 것이다. 단기 아르바이트를 알아보다가 모 대형 서점에 지원서를 넣었다.

민간인으로 돌아온 지 얼마 안 된 사람에게 스펙이란 게 있을 리가 없었다. 자격증이라고는 운전면허증과 태권도 단증이 전부였고, 외국어 시험 점수도 없었고, 외국으로 연수는커녕 비행기 한 번 타본 일이 없었다. 서점 아르바이트이든 대기업 인턴 지원이든 나는 참 쓸 말이 없는 사람이었다. 나는 왜 내세울 만한 게 아무것도 없지, 하고 절망하다가, 전에 없이 몸이 작아지는 것을 느꼈다. 군대 이등병 시절보다 더 작아질 몸도 없을 줄 알았는데 그렇지가 않았다. 전역을 앞두고 공무원 시험을 준비하거나 주식 공부를 하거나 공인중개사 자격증을 공부하거나 하던 선임들의 모습이 떠올랐다. 나는 빨리 그 조직에서 벗어나고 싶다는 마음으로 하루하루를 보냈다. 그 2년 3개월의 시간을 의미 없게 만든 건 결국 나였던 셈이다.

그 대형 서점에는 2007년 6월 29일에 이력서를 보냈다. 이렇게 정확히 기억하는 이유는, 그때의 기억이 떠올라 메일함을 검색해보니 "안녕하십니까? B서점 단기 아르바이트를 지원한 김민섭입니다"라는 제목의 메일이 있고 그 첨부파일도 아직 남아 있기 때문이다. 용기를 내어 읽어보니 세상에는 참 존재하지 않아야 할 글이 많기도 하다. B서점에서는 답장도 전화도 오지 않았다. 내가 다시 이력서를 읽어도 나를 뽑지 않는 게 당연할 것 같다.

대학에서 국어국문학을 공부하고 있는 25살 학생입니다. 글을 읽고 쓰는 것이 좋아 공부하고 있고, 내년에는 일반 대학원에 진학해서 한국 근대문학을 계속 공부해나가려고 합니다. 고등학교 때는 인터넷 공간에 재미 삼아 글을 올리던 것이 많은 사람에게 읽히게 되어 페이지 출판사에서 연락이 왔고, 2000년 10월, 『831019 여비』라는 책을 출판하게 됐습니다. 고2의 여름을 글을 쓰고 출판본을 만드는 것에 보내느라 공부에 거의 힘을 쏟지 못했지만, 제 모든 열정과 노력을 쏟아부었고, 그로 인해 제 작은 꿈을 이루게 된 것이어서, 좋은 추억이자 자랑으로 남아 있습니다. 제가 앞으로 어떤 일을 하게 되든 틈틈이 저를 보여주기 위한 글을 다시 한번 써 보고 싶습니다. 2004년에는 국어국문학과의 학생회장직을 맡아 수행하며, 한 조직의 얼굴로서 얼마나 많은 짐을 짊어지고 노력해야 하는지 배웠습니다. 많은 사람과 부딪치며 구성원 간의 마찰이 있었고, 그로 인한 갈등 역시 많았지만, 그것을 풀어가는 과정에서 사람과 사람이 살아가는 법을 배웠습니다. 공부 역시 게을리 하지 않아서, 2002년 2학기에는 우등상을 수상했고, 한 학기를 제외하고는 모두 장학금을 받아 학비 부담을 덜었습니다. 7학기 조기 졸업을 목표로 공부하고 있습니다. (하략)

고등학생 시절의 에세이집 출간, 대학생 시절의 학생회장 활동, 그리고 몇 가지 경험들을 정리한 자기소개서였다. 나는 그것들을 내가 자기소개서의 문법이라고 믿는 방식으로 썼다. 열정, 노력, 꿈, 추억, 자랑, 수행, 짐, 구성원, 마찰, 갈등, 공부, 목표, 등등. 이러한 단어들이 고작 저 두 문단 분량의 글을 빼곡하게 구성하고 있다. 이건 나름의 흑역사라면 흑역사일 텐데 전문을 인용할 용기는 없다.

나는 B서점의 아르바이트생이 되는 데는 실패했지만 대학원생이 되었고 박사과정을 수료하고서 대학생들에게 글쓰기라는 정규 교양과목을 강의하는 사람이 되었다. 다행히 자기소개서 작법은 커리큘럼에 없었다. 그러나 강의가 끝나고 나면 종종 나를 찾아와 간절한 눈을 하고 있는 학생들이 있었다. 그들은 대개 "저어, 자기소개서를 좀 첨삭해주실 수 있을까요"라고 물었다. 나는 아니 저기 저도 그거 잘 못 쓰는데요, 하고 답하고는 싶었으나, 그럴 수는 없는 일이었다. 게다가 학교에서는 '글쓰기 센터'라는 것을 열고 학생들이 학교의 글쓰기 강사들에게 글을 첨삭받을 수 있게 했다. 한 건에 몇만 원씩 수당이 나왔기에 강사들 모두가 자신에게 글이 배정되기를 기다렸다. 그때도 90퍼센트의 글은 자기소개나 공모전에 제출할 독후감 같은 것들이었다.

그래서 나는 취업이나 진학을 앞둔 대학생들의 자기소개서를 많이 첨삭해주었다. 사실 나뿐 아니라 대부분의 글쓰기 강사들이 살면서 자기소개서 한 편 제대로 써본 일이 없는 사람들이기는 했다. 학생들의 취업을 위해서라면 더 적합한 외부의 전문가를 초빙하는 게 낫기는 했을 것이다.

쓴 사람이 궁금해지는 글

취업을 준비하는 사람의 몸은 대개 작아져 있다. 몇

십 번씩 실패해본 경험이 있는 이들이라면 더욱 그렇다. 그가 가진 덩치와 관계없이 많이 위축되어 있다는 것이 느껴진다. 그건 아마도 자기 자신을 잘 포장해 상품으로 내어놓아야 하는 사람들이 겪는 과정이겠다. 그들은 그렇게 쓴 자기소개서를 나에게 은전 한 닢처럼 내밀고는 "저어, 이게 쓸 수 있는 자기소개서인지 좀 보아주십시오" 하고 처분을 기다린다. 그러면 나는 감정사가 되어 "좋소"라고 말해야 하는데, 참 부담스러운 역할이다.

그런데 그들을 평가해야 하는 타인의 눈으로 보니까 그러한 글을 써보지 않은 나에게도 좋은 자기소개서와 나쁜 자기소개서의 차이가 확연하게 보였다. 좋은 것을 읽으면 '아, 이 사람 한번 만나보고 싶다'는 마음이 되었고, 나쁜 것을 읽으면 '이 사람은 별로 만나보고 싶지 않다'는 마음이 되었다. 그 매력은 자신을 드러내려 노력하는 사람에게서는 별로 느껴지지 않았다. 그러니까 자신을 드러내려고 노력한 글보다는 자신을 낮추고자 노력한 글이 아무래도 더 좋게 보였던 것이다. 이것은 자기소개서가 아니더라도 자신을 드러내는 글쓰기를 하는 모두에게 적용된다.

예를 들면 학생들은 자신의 특별한 경험에 대해 다음과 같이 썼다. '저는 이러한 상을 받았고 그 자리에 모인 사람들에게 박수갈채를 받았습니다.' '저는 이러한 불의를 보면 도저히 참지 못하고 이렇게 저렇게 정의롭게 행동합니다.' 우리는 타인에게 자신을 어떻게 잘 드러낼 수 있을지를 많이 고민한다. 그러다 보면 20대 중반의 내가 언젠가 썼던 것처럼 "제 모든 열정과 노력을 쏟아부었고, 그로 인해 저의 꿈을 이루게" 되었습니다와 같은 문장이 탄생하게 되는 것이다. '박수갈채를 받았다'라는 그 현장의 분위기는 자의적인 것이고 그러한 반응까지 자신을 돋보이게 하는 장치로 굳이 가져올 필요는 없다. 자신이 정의롭게 행한 일에 대해서도 담담하게 적는 것이 낫다. 그 평가는 읽는 사람이 내리고 자신이 정해둔 틀에 따라 알아서 감동하거나 감탄할 것이다. 그러나 자신을 드러내는 데 바빠 길을 잃은 자기소개서가 많았다. 자기 자랑에만 그치는 것이다. 읽은 사람들은 아마도 '아아, 네 잘나셨네요' 하고 그 자기소개서를 덮게 된다.

읽는 사람을 전혀 고려하지 않은 글도 많았다. 어떤 학생은 '스노볼'이라는 것을 사서 누군가에게 선물한 경험을 썼다. 스노볼이 뭐냐고 묻자 그는 투명한 공 안에 흰 가루를 집어넣어서 거꾸로 들면 눈이 쏟아지는 것처럼 만든 장식품이라고 했다. 그에게 아마도 면접관들은 스노볼이 뭔지 잘 모를 것이라고, 글을 읽을 사람들에게 익숙한 단어를 써야 한다고 조언해 주었다.

학생들의 자기소개서를 첨삭해준 그 기억들은 지금도 사실 민망하다. 전략적으로 더욱 잘 보아줄 전문가들이 있었고 나처럼 타인의 인생에 훈수 두는 일을 의미 없다고 여기는 사람에게는 더욱 민망한 일이었기 때문이다. 그러나 최선을 다해 그들의 글을 살피는 동안 그 경험이 나의 글쓰기에 좋은 영향을 주었다. 자신을 드러내는, 정확히는 자신을 고백하는 글쓰기가 어떠해야 한다는 것을 알게 되었다. 타인에게 이해받기 위해서는 오히려 자신에 대한 과한 드러냄과 평가를 지양해야 한다. 너무 비장해지거나 가벼워지지도 않아야 한다. 그런 사람들을 더 만나보고 싶고 그런 사람들의 글이 계속 읽어보고 싶어지는 법이다. 나는 그렇게 믿는다.

12

오늘의 감각을
읽어나가야 한다

'복날은간다'와의 만남

소설이라는 장르는 대체 무엇인가

내가 현대소설 전공 대학원생이 되어 읽은 첫 작품
은 「소경과 안즘방이 문답」이었다. 아마도 연구자나 국가 고
시 수험생이 아니라면 제목을 들어볼 기회조차 별로 없을 것
이다. 소경과 앉은뱅이가 문답을 주고받으며 나라 걱정을 하
는 단편소설이다. 1900년대 초 〈대한매일신보〉라는 신문에
연재되었다. 이것을 시작으로 나는 우리가 '근대'라고 부르는
시기에 출간된 신문이나 잡지에 수록된 소설들을 읽어나가기

시작했다.

이름을 처음 들어보는 출판사들이 오래된 자료들을 영인본으로 만들어서 팔았다. 가격이 꽤 비쌌으나 연구자라면 반드시 가지고 있어야 할 만한 것들이 있었다. 나의 서가에도 〈죠선크리스도인회보〉, 〈태극학보〉, 〈소년〉, 〈청춘〉, 〈학지광〉, 〈삼천리〉와 같은 1차 자료들이 늘어갔다. 오래된 매체의 원본을 복사하고 다시 묶은 것이니까 글자들은 희미하거나 뭉개져 있기도 했다. 대개 한자로 되어 있었는데, 한문 공부라고는 해본 일이 별로 없는 나는 그 음을 찾느라고 참 많이 고생했다.

대학원에서 공부하는 동안 남들보다는 많은 소설을 읽었다. 읽고 싶어서라기보다는 읽어야 해서 읽었다. 돌이켜보면 그건 '소설을 읽는 즐거움'과는 거리가 멀었다. 좋아하는 일도 해야 하는 일이 되면 힘들다는 말을 하려는 것은 아니다. 문제는 그때의 소설들이 우리가 아는 소설이 아니었다는 데 있다. 특히 문학이라는 단어 자체가 literature의 역어가 아니었다. 예를 들면, 연희전문학교(연세대학교)의 1920년대 후반 '문학 입문' 수업의 커리큘럼을 참조하면, 그 교재로 『명심보감』 같은 것을 사용했다. 유교의 원리를 공부하는 일이 문학이었던 셈이다. 물론 이광수와 같은 젊은 문인들은 그것을 두고 "문학을 모르는 사람들이 문학을 가르치고 있다"고 공개적으로 비난하기도 했지만, 그만큼 소설은 그때까지도 한 장르로서 제대로 자율성을 확보하지 못했다.

내가 공부하며 읽은 소설들은 지금의 관점으로는 소설이 아니거나 혹은 너무나 재미가 없거나 했다. 한 번은 1920년대 초에 일본의 유학생들이 창간한 잡지에 실린 소설을 발견했다. 그 잡지의 선행 연구가 전혀 없었으니까 어쩌면 그 소설을 읽는 게 연구자로서는 내가 처음이었을 것이다. 나는 무척 떨리는 마음으로 그 잡지를 읽어나갔다. 잘만 하면 이 본 적 없는 필명을 가진 문인의 새로운 소설을 발굴하는 일이 될 것이고 그러면 논문도 투고할 수 있을 것이다. 그러나 나는 곧 많이 실망하고 그 부분을 덮어버렸다. 재미있게 쓰려고 했기 때문인지 모르지만, 이것은 '야설'이라고 해도 될 만했다.

기억을 더듬어보면, 유학생이 고향에 갔고, 우물가에서 예쁜 과부를 보았고, 명절을 맞아 마을 사람들이 모인 틈을 타 그의 집에 침입했고, 그 여자가 자신에게 관심을 보이자 음란한 여자라고 뺨을 때리고 나왔다는, 그야말로 총체적 난국의 이야기였다. 아무래도 이 소설로 논문을 쓸 수는 없을 것이었다.

언젠가부터 나는 소설이라는 장르는 대체 무엇인가, 하고 고민하기 시작했다. 100년 전의 소설과 문학의 모습은 지금 내가 아는 그것과는 많이 다르다. 그렇다면 지금 내가 읽고 있는 동시대의 소설들이 다시 100년 후에는 어떻게 될까. 아무래도 지금의 모습과는 많이 다를 것이었다. 그러면서 나름대로 한 가지 소설의 본령에 대해 결론 내린 것이 있다면, 아무래도 소설은 '재미'있어야 한다는 것이었다. 이광수가 「문학이란 하오」라는 글에서 말한 것처럼 결국 소설은 사람의 '정'을 움직여야 한다. 젊은 시절의 그는 그러한 동정의 감각, 타인에게서 자신을 발견하는 일이 필요함을 잘 알고 있었다. 그러나 나는 그 시기의 소설을 연구하는 동안 마음이 움직이는 일은 별로 없었다. 독자로서의 즐거움보다는 연구자로서의 즐거움만 주로 있었으니까, 이것은 슬픈 일이다.

그날 만들어진 가장 재미있는 글

그러나 사람은 자신의 마음을 채울 만한 무엇을 읽어야만 한다. 내가 선택한 것은 웹툰과 커뮤니티의 '베스트글'이었다. 웹툰이야 나 말고도 다른 젊은 연구자들 모두 보는 것이었다. 그러나 커뮤니티에서 추천을 많이 받은 글들을 취미처럼 찾아서 읽는 사람들은 별로 없었던 것 같다. 나도 우연한 일로 그렇게 되었다. 2010년도였던가, 스마트폰이라는 것을 처음으로 구입했던 그때, 바탕화면에 '오늘의유머'라는 아이콘이 있었다. 그것을 클릭하자 재미있는 글을 읽기 위한 사람들이 모여 있는 커뮤니티가 나타났다. 여러 게시판이 있었고, 그중 '베오베'라는 곳에는 '베스트 오브 베스트', 가장 많은 추천을 받은 글들이 모였다. 아아, 이렇게 재미있는 글도 있구나, 하고 빠져들었다. 바쁜 일이 있어도 매일 짬을 내어 베오베의 글들을 모두 읽었다. 주변 사람들이 나에게 "왜 항상 핸드폰을 봐요?" 하고 묻게 된 게 이때부터인 것 같다. 인터넷에 올라오는 재미있는 글들, 사람들이 많이 읽는 글들을 나는 숨쉬듯이 매일 읽기 시작했다. 적어도 하루에 200편 넘게 읽어나갔다.

커뮤니티에 올라오는 '베스트글'들은 어떤 장르로 특정할 수 없다. 내가 읽은 게 무엇이었는지 지금도 잘 모른다. 다만 그것들은 그날 만들어진 가장 재미있는 글이었다. 당연하지만 내가 논문을 쓰기 위해서 읽어야 할 글보다는 훨씬 나의 마음을 움직였다. 그리고 그 글들은 혼자서 완성되는 게 아니었다. 수백 개의 댓글들이 각 커뮤니티의 중복되는 글들을 다시 새롭게 완성시켰다. 사람들은 재미있는 댓글을 달기 위해 노력했다. 댓글에도 추천이나 반대를 할 수 있는 기능이 있었다. 추천을 많이 받은 댓글에는 메달이 달렸고 '답베'라고 해서 그 댓글들이 상위에 노출되기도 했다. 나는 직접 글을 올리지는 않았지만 몇 번 그 답베를 노리고 댓글을 달았다. 소위 '네임드'라고 하는 커뮤니티의 유저들은 1) 재미있는 글을 쓰거나 2) 재미있는 자료를 가져오거나 3) 재미있는 댓글을 다는 사람들, 이었다.

그렇게 글을 읽다 보니 나에게도 변화가 생겼다. 논문을 쓸 때도 '어떻게 하면 조금 더 추천을 많이 받을 수 있을까' 고민하게 됐다. 물론 논문이야 심사위원들이나 읽을 것이고 추천 대신 도장을 찍는 게 전부겠지만, 기왕 쓰는 것 조금 더 잘 읽히게 쓰면 좋을 것이었다. 학생들에게 강의 자료를 나누어 줄 때도 그랬다. '어떻게 하면 조금 더 댓글을 많이 받을 수 있을까' 하고 고민했다. 그들의 댓글을(반응을) 이끌어낼 언어를 더 찾아보게 된 것이다.

미지의 타인을 설득하고 이해하는 글

나는 지금도 시간이 날 때마다 핸드폰을 본다. 길을 걸으면서, 횡단보도의 신호를 기다리면서, 버스를 타고 가면서, 잠깐의 짬이 날 때마다 습관처럼 본다. 대략 헤아려보면 하루에 500편 정도의 글을 읽는 것 같다. 그중에는 사진 한 장과 글 한 줄이 전부인 것도 있고, 시간을 꽤 들여 읽어야 할 만큼 논문처럼 정리된 것도 있다. 절대적인 양이 얼마나 될지는 잘 모르겠다. 누군가는 이러한 행동을 '쓸데없는 일'로 취급하고 나를 한심하게 여기기도 했다. 그러나 나는 이 버릇이 결국 나에게 글을 쓰고 책을 기획하게 만들어주었다고 믿는다. 나는 여기에서 오늘의 감각을 읽는다. 사람들이 무엇에 관심이 있는지, 어떠한 언어에 반응하는지, 오늘은 또 무엇이 새롭게 만들어지고 있는지 알 수 있다. 단순히 글만 읽는 것이 아니라 댓글까지 꼼꼼하게 읽는다. 그렇게 하루에 500번쯤 웃고, 500개의 감각을 읽어나간다. 자신의 SNS 계정을 운영하면서 소통하는 일로는 채워지지 않는 무언가가 있다. SNS의 알고리즘에서는 나와 닮은 사람들과 만나 서로의 마음에 맞는 이야기를 주로 나누게 된다. 그것도 중요한 일이지만 우리는 결국 미지의 타인을 설득하고 이해해나가야만 한다. 글을 쓰고 싶다는 이유뿐 아니라 정말로 소통하며 잘 살아가고 싶다면 여러 사람이 함께 완성해나가는 현재진행형의 글들을 읽을 필요가 있다. 사실 커뮤니티의 글을 읽는 것은 끊임없이 공부하는 일이기도 하다. 나도 종종 '왜 나 말고 다 웃고 있지, 나도 같이 웃고 싶은데' 하고 이것저것 검색해보는 일이 있다. 만약 이 글을 읽는 당신이 "응, ○○○ 어서 오고"라든지 "그것이 약속이니까"라는 인터넷의 밈을 알고 활용할 수 있다면 특별한 공부가 필요 없을지도 모르겠다. 2020년에 가장 인기를 끌었던 두 개의 밈이다. 사실 단순히 웃고 넘길 문제가 아니다. 〈아기공룡 둘리〉의 패러디물에 사람들은 열광했다. 엄청난 양의 2차 패러디물이 나왔고 원작자까지 그에 대한 입장을 밝혔다. 일본 정치인의 동어 반복도 인기를 끌었다. 이러한 밈은 결국 동시대 사람들이 원하는 이야기의 구조와 소재가 무엇인지를 말해준다.

그러던 어느 날, 나는 조금은 특이한 아이디를 가진 사람이 올린 '소설'을 읽게 된다. 커뮤니티의 베스트글을 읽는 몇 년 동안 완성된 단편소설을 읽기는 거의 처음이었다. 우리가 알고 있는 장르로서의 소설은 인터넷에서는 찾아보기 어렵다.

이전의 신소설처럼 웹소설이라는 이름을 얻어 몇몇 플랫폼에 연재된다. 그러나 이례적으로 정말로 소설이었고 수백 개의 추천과 댓글이 달려 있었다. 그의 아이디는 '복날은간다'였다.

나중에 알았지만 그도 나와 비슷한 시기에 스마트폰을 샀고 바탕화면에 그 커뮤니티의 아이콘이 있는 것을 보았다고 했다. 누군가는 왜 돈 주고 산 핸드폰에 이런 게 설치되어 있냐며 화를 낼 수도 있겠지만 그도 나도 그런 성격은 아니었다. 오, 이게 뭐지, 하는 마음으로 각자 그것을 클릭했고, 우리의 만남은 그렇게 시작되었다.

13

책을 팔기 위한 커뮤니티 마케팅

내가 김동식 작가와 만나 그를 인터뷰하고 요다 출판사와 함께 김동식 소설집을 기획, 출간한 것은 많은 사람들이 아는 이야기가 되었다. 그 사정은 첫 번째 소설집인 『회색 인간』의 추천의 글에 자세히 기록되어 있다. 이 책에서는 내가 그의 책을 잘 팔기 위해 어떻게 움직였는지를 말해두고 싶다. 『회색 인간』은 2023년 6월 기준으로 89쇄를 찍었다. 그러나 처음부터 그렇게 잘되었던 것은 아니다.

2017년 겨울, 김동식 작가의 소설집 『회색 인간』, 『세상에서 가장 약한 요괴』, 『13일의 김남우』가 출간되었을 때, 나는 이 책을 잘 팔아야 한다는 마음뿐이었다. 기획자로서의 책임감도 있었지만, 그보다는 김동식과 한기호라는 두 사람이 잘 되기를 바랐기 때문이다. 김동식 작가는 아연 주물 공장에서 일하면서 하루에 한 편씩 단편소설을 써나갔다. 어디에서 글쓰기를 배운 사람도 아니었고 그저 좋아서 그렇게 했다고 했다. 그런 그를 교수나 작가나 평론가가 아닌 수만 명의 평범한 개인들이 작가로 끌어올렸다. 그의 잘됨은 많은 사람에게 희망의 증거가 될 것이었다. 한국출판마케팅연구소와 요다의 대표인 한기호 소장은 내가 『나는 지방대 시간강사다』(일명 '지방시')라는 글을 썼을 때 가장 먼저 서평을 써준 사람이었다. 나도 그도 서로를 몰랐으나 그 책을 읽은 그는 나를 마음을 다해 도와주었다. 작업실을 아무 조건 없이 빌려주었고 〈기획회의〉의 편집위원으로 추천하고 지면을 내어주기도 했다. 그에게 진 마음의 빚을 조금이나마 갚고 싶었다.

그러나 책을 잘 파는 것은 사실 한 번도 해보지 않은 일이었다. 그때까지의 나는 작가의 일은 글을 쓰는 것으로 끝이고 그 이후는 모두 출판사의 일이라고 믿었다. 잘 파는 방법을 알고 있었더라면 내가 쓴 책부터 잘 팔았을 것이다. 무엇부터 어떻게 해야 할지 알 수 없었다.

신간 구매 인증 릴레이

책이 나오고 며칠 동안 『회색 인간』, 『세상에서 가장 약한 요괴』, 『13일의 김남우』 세 권의 소설집은 거의 팔리지 않았다. 그가 등단한 작가도 아니고 사실 커뮤니티의 회원들 말고는 그를 잘 몰랐던 것이다. 김동식 작가의 독자들은 그가 활동한 커뮤니티의 게시판에 있었다. 그들에게 책이 나왔다는 소식을 알려야 했다. 그러나 김동식 작가는 주저했다. 게시판 취지에 맞지 않는 글을 쓰면 안 된다는 것이었다. 그는 '공포 게시판'에 글을 써왔다. 그즈음에 그 커뮤니티의 방침이 유머 게시판에 쓴 글만 베스트 게시판으로 이동되는 것으로 바뀌었다.

유머 게시판에 출간 소식을 알리는 건 게시판 이용 수칙 위반이었다. 나는 이것이 책을 잘 팔 수 있는 유일한 길이라고 그를 설득했고, 그는 12월 26일에 '오늘 제 책이 나왔습니다. 감사합니다!'라는 글을 썼다. 이제 이 글을 반드시 베스트 게시판으로 보내야 했다. 나는 나의 아이디에 더해 이 커뮤니티를 이용할 만한 친구들에게 모두 연락해서 '추천' 버튼을 누르게 했다. 이 커뮤니티의 이용자들이 가장 많이 활동하는 시간을 감안해 저녁 6시에 추천을 집중했다. 그런 007 작전을 통해 김동식 작가의 출간 소식이 전해졌다. 이제 이 글에 서사를 부여해야 했다. 나는 첫 번째 댓글을 달았다.

축하드립니다, 김동식 작가님! 인터넷 서점에서 바로 구매했습니다! :) 김동식 작가님을 인터뷰하고 출판의 기획에 참여하기까지, 한 사람의 독자로서 한 작가에게 관여할 수 있는 최대의 범위까지 도달한 것 같아서 기쁩니다. 이제 책을 많이 파는 일이 남았네요. 저는 『나는 지방대 시간강사다』라는 글을 커뮤니티의 고민 게시판에 올리면서 출간 제의를 받았고, 지금 전업 작가로 살고 있습니다. 『대리사회』라는 책을 쓰고 얼마 전에는 『아무튼, 망원동』(제철소)이라는 수필집을 내기도 했고요. 『나는 지방대 시간강사입니다』는 올해 초에 4쇄를 찍으면서 꾸준히 관심을 받고 있습니다. 커뮤니티에서 시작된 글쓰기가 지금껏 계속 이어지고 있는데, 김동식 작가님께서는 조금 더 좋은 기회들을 많이 잡으시면 좋겠습니다.

작가님의 책을 구매한 것을 제일 먼저 인증합니다! 『푸르스마, 푸르스마나스』와 『회색 인간』부터 꾸준히 지켜보며 응원해왔고, 그 결실을 보게 되어 뿌듯합니다. 고맙습니다 김동식 작가님!

그러면서 온라인 서점에서 책을 구매한 내역을 캡처해서 댓글에 첨부했다. 그렇게 하면 사람들이 자신의 책을 샀다는 인증을 함께해줄 것 같아서였다. 그 이후에 수백 개의 댓글이 달렸다. 그 대부분은 자신의 구매 내역을 인증하는 것이었다. "그동안 공짜로 본 값을 하게 해줘서 고맙다" "책에 실린 글을 게시판에서 다 읽었지만 당신이 작가로서 잘되기를 바라기 때문에 굳이 구매했다 잘되길 바란다"는 응원도 함께였다. 누군가가 쓴 "김동식 작가를 자꾸 히가시노 게이고와 비교하시는데 그건 잘못된 거다. 이 작가는 히가시노 게이고보다 더 대단한 작가가 될 거다"라는 댓글이 아직도 기억에 남는다.

그렇게 댓글로 인증 릴레이가 한창이던 때, 나와 김동식 작가는 출판사의 송년회 자리에서 함께 밥을 먹고 있었다. 그는 나중에 그때를 회상하면서, 책이 잘 팔리지 않아 죄인이 된 기분으로 앞에 있는 반찬만 먹고 있었다고 농담처럼 말했다. 그러다가 직원들이 게시판의 댓글을 보면서 기뻐했고 자신의 고개가 조금씩 올라갔다고, "김 작가 메뉴 하나 골라봐요" 하는 한기호 소장의 말에 먹고 싶은 메뉴도 골랐다고 했다.

하나의 글로는 부족한 것 같아서, 나는 며칠 뒤인 12월 31일에 다시 '복날은간다, 김동식 작가님의 담당 편집자입니다'라는 제목의 글을 올렸다. 제목에서만 직관적인 단어인 편집자를 사용하고 본문에서는 기획자로 정정했다. 커뮤니티의 특성상 그때 접속하지 않은 사람은 못 보고 넘어갈 수 있기에 일부러 한 번 더 소식을 전한 것이다. 역시 이 글도 의도된 작전을 거쳐 베스트 게시판으로 갔다. 100개가 넘는 댓글이 달렸고 책을 구매했다는 인증 릴레이가 계속 이어졌다.

한 명의 작가가 성장하기까지

이듬해 1월 2일에 한기호 소장에게서 전화가 왔다. 창고에 있던 1쇄가 다 나가서 2쇄를 찍고 있다는 것이었다. 그게 얼마나 힘든 일인지 알기에 무척 기뻤다. 그러나 이제 시작이었다.

나는 김동식 작가의 서사를 활용하고자 했다. 주물 공장 노동자에서 인터넷 게시판의 작가로, 다시 『회색 인간』으로 데뷔한 작가가 되기까지, 그는 특별한 성장 서사를 써나가는 중이었다. 한국에는 여러 개의 커뮤니티가 있다. 나는 그 이용자들이 어떤 성향을 가지고 있는지, 어떤 글을 읽는지, 대략은 알고 있었다. 나는 각 커뮤니티의 특성에 따른 몇 개의 콘텐츠를 만들었다. 추천을 하려면 가입이 필요했기에, 왠지 그 커뮤니티를 이용할 것 같은 친구들에게 연락했다. '엠팍'(엠엘비파크)은 야구를 좋아하는 친구에게, '알싸'(아이러브사커)는 축구를 좋아하는 친구에게, '딴지일보'는 민주당 당원에게, '웃대'(웃긴대학)는 인터넷 밈을 많이 알고 있는 친구에게 연락하는 식이었다. 그렇게 각 커뮤니티의 조력자를 확보했다. 나는 그해 1월 초부터 약 열흘 동안 하루 정도의 시차를 두고 각 커뮤니티에 글을 올렸다. 관심을 별로 못 받은 곳도 있고 베스트 게시판에 보내는 데 실패하기도 했지만, 대부분은 성공했고 글마다 적게는 1만 명, 많게는 10만 명 정도가 읽었다.

며칠 후, 여성시대, '여시'라고 부르는 20대 여성들의 커뮤니티에 글이 올라갔다. 제목은 '300편의 소설을 썼지만 다시 공장으로 돌아가야 하는 천재 작가'였다. 나는 여성 커뮤니티에는 접속할 수 없고 친구도 없었기에 내가 한 게 아니었다. 내용은 "공장에 다니면서 300편의 소설을 쓴 천재 작가가 있는데 책이 안 팔려서 다시 공장으로 돌아가야 한다. 너무 슬픈 일이다. 책을 좀 사주자" 하는 것이었다. 300편의 소설을 쓴 것은 사실이지만 공장으로 가야 한다는 건 사실이 아니었다.

이 글이 그 커뮤니티에서 50만이 넘는 조회 수를 기록했다. "헐, 이분 홍콩할매방에 글 자주 올라왔잖아, 도와드려야 해. 책 사러 가자!" 하는 내용의 댓글이 100개가 넘었다. 여시에는 '홍콩할매귀신방'이라는 공포 게시물이 올라오는 게시판이 있고, 거기에 김동식 작가의 글이 자주 공유되었다는 것 같다.

인터넷 커뮤니티를 잘 사용하지 않는 사람들은 알 수 없었겠으나, 12월 말부터 1월 중순까지, 몇 개의 대형 커뮤니티에서 김동식 작가의 출간 소식이 계속 퍼져나갔다. 총 조회 수가 100만 회 이상은 나왔으니까 구매 전환율이 1퍼센트라고 해도 단행본 1만 부가 나갔을 것이다. 그즈음 김동식 소설집은 3주 만에 3쇄를 찍었다. 그때는 한기호 소장이 통 크게 5,000부씩 찍어대는데도 그랬다. 커뮤니티를 통한 마케팅은 김동식 작가가 커뮤니티의 창작자였기 때문에 가능했고 무엇보다도 그의 성장 서사가 이용자들에게 흥미와 희망을 동시에 줄 수 있었기에 가능했다. 이제 다음이 필요했다.

SNS는 책이 만들어지는 과정을 보여주는 공방 같은 곳

2020년 즈음 출판 관계자에게 다음과 같은 말을 들었다. 요즘 출판사들이 신인 작가의 책을 낼 때 가장 신경 쓰는 게 'SNS 팔로어 수'라는 것이었다. 인스타그램을 기준으로 해당 계정의 팔로어가 1만 명이 넘어야 한다고 했다. 그는 그러한 내부 기준을 둔 모 대형 출판사를 거론하면서 '우리 출판 이대로 괜찮은가'하는 데로 화제를 옮겼다.

누구도 SNS를 신경 쓰지 않을 수 없는 때다. 콘텐츠를 다루는 개인이나 회사라면 더욱 그렇다. 작가든 출판사든 SNS를 통해 독자들과 소통해야 하고 만들어낸 콘텐츠를 확산시켜야 한다. 돌이켜보면 내가 전업 작가, 그러니까 글을 쓰는 일로 생계를 유지할 수 있게 된 데는 페이스북의 영향이 컸다. '나는 지방대 시간강사다'라는 글을 처음에는 인터넷 커뮤니티 게시판에만 올렸다. 그러다가 페이스북에 '나는 지방대 시간강사다'라는 페이지를 만들어 연재하기 시작했고 그때부터 그 글은 조금 더 많은 사람들에게 닿을 수 있게 되었다. 그뿐 아니라 강연 요청의 절반 정도는 페이스북 메시지를 통해서 왔다. 내가 초기에 생계를 유지할 수 있었던 것은 인세보다도 강연 수입 덕분이었다. 나는 나를 초청하는 메시지를 볼 때마다 나에게 이러한 소통의 창구가 있음에 감사했다. 신간이 나올 때도 SNS에 올리고 나면 축하한다거나 사서 보겠다거나 하는 사람들의 댓글이 달렸고 다음 날 온라인 서점의 책 판매 지수가 꽤 올라 있었다.

김동식 작가의 첫 책『회색 인간』이 나왔을 때, 나는 SNS 활용에 대한 필요성을 느끼고 있을 뿐 아니라 잘 운용할 수 있다는 자신감도 한껏 있는 상태였다. 페이스북 페이지에 2만 명, 개인 계정에 1만 명 정도의 팔로어가 있었으니까, 나는 적어도 이들에게는 책을 알리고 싶었다.

그 전에 내가 왜 커뮤니티에서 SNS로 이동했는지를 이야기하고 싶다. 김동식 작가는 커뮤니티가 키워낸 작가라고 할 수 있지만 나는 거기에 작가(창작자)로서는 오래 머물지 않았다. 커뮤니티는 비슷한 사람들이 모여 있는 하나의 거대한 생태계라고 할 수 있다. 소위 '네임드'라고 하여 누가 언제 어떠한 글을 올리는지를 그 구성원들은 대개 알고 있다.

여기에서의 권력은 추천과 댓글에서 나온다. 대부분의 커뮤니티가 열 개의 추천을 받은 글을 상위 게시판으로 보내고 50~100개의 추천을 받은 글을 다시 최상위 게시판으로 보낸다. 이른바 '베스트 오브 베스트' 게시물들이 모여 있는 게시판이 있다. 그 게시판에 올라온 글들은 그날 대한민국에서 나온 가장 재미있는 글들이라고 보아도 좋다. 왜냐하면 한 커뮤니티에서 인기를 끈 글들은 대개 몇 시간의 시차를 두고 수백 개의 커뮤니티로 급속히 퍼지기 때문이다. 그런 과정에서 자연스럽게 '밈'이라는 것도 만들어진다.

그러나 추천을 받지 못하거나 오히려 반대나 신고를 받거나 하면 그 글은 아무도 읽지 않는 글이 되어버린다. 글의 좋고 나쁨과 관계없이 커뮤니티의 지향이나 분위기를 잘 따르지 않아도 그렇게 된다. 게다가 적당한 범위의 '친목'이라는 것도 해야 한다. 콘셉트를 잡고, 그 범위 안에서 행동하고, 댓글에 대댓글을 달아야 한다. 그것을 정말로 꾸준히 해나가야 비로소 인정받을 수 있게 되는 것이다. 의도한 것은 아니었겠으나 김동식 작가는 그 안에서 꾸준히 선하고 성실한 창작자의 콘셉트로 1년을 넘게 활동했다.

나는 커뮤니티에 「나는 지방대 시간강사입니다」를 연재하던 초기에 모 신문사의 기자에게 "이걸 기사화해도 될까요?" 하는 연락을 받았다. 그도 아마 커뮤니티의 회원이었던 것 같다. 나는 그에게 '309동1201호'라는 필명으로 글을 쓰고 있는 이유를 설명하면서, 혹시 내부에서 내가 쓰고 있는 것을 알게 되면 내 처지가 곤란해질 수 있다고 기사화하지 말아주기를 부탁했다. 그러나 그는 나의 이야기를 기사로 내보냈고 그 기사가 포털의 메인에도 뜨게 되면서 나는 불안한 며칠을 보냈다. 기자에게 그러면 안 되는 것 아니었냐고 메일을 보냈으나 답신을 받지 못했다. 그가 만약 나와 상의 없이 그렇게 했다면 어쩔 수 없는 것이었다. 그러나 나에게 정중하게 메일을 보내서 기사로 써도 될지를 물어서 나 역시 정중하게 고사한 것이었다. 나는 다음 연재 글에 그 기사 때문에 힘든 며칠을 보냈다고 썼다. 그 이후 내가 글을 올릴 때마다 빠르게 몇 개의 반대가 따라붙었다. 그저 추측일 뿐이기는 하지만, 나는 내가 커뮤니티 내에 적을 만들었다는 것을 알았다. 그래서 연재처를 바꾸기로 한 것이다. 돌아보면, 그때 나에게 무례했던 그 덕분에 나는 SNS로 이동할 수 있었다.

커뮤니티에 올린 글은 여러 이유로 묻힐 수 있지만, SNS에 올린 글은 온전히 나의 콘텐츠로서 평가받는다. 게다가 페이지 계정을 개설하고 팔로어를 모으면, 내가 글을 올릴 때마다 그 팔로어들이 나의 글을 관심 있게 읽을 것이다. 나중에 알았지만 팔로어를 대상으로 글을 광고하는 방법도 있었다. 그때는 페이스북의 알고리즘이 지금보다는 훨씬 후했다고 알고 있다. 그래서 나는 페이스북으로 이동해서 '나는 지방대 시간강사다'라는 페이지를 만들었고, 거기에 글을 올려나가기 시작했던 것이다. 페이지 계정에는 그 글을 읽은 사람들의 수가 나오는데, 몇만 명이 넘게 계속 읽었으니까, 나에게는 커뮤니티보다도 오히려 나았다.

그런데 팔로어가 아무리 많아도 "저, 신간 나왔습니다"라는 말에 그들 모두가 책을 구매해줄 리는 없다. 다들 '좋아요'만 누를 뿐이지 그것이 쉽게 구매로 이어지지는 않는다. 이것은 많은 작가들이 서로 만나면 하는 말이기도 하다. 그러나 SNS는 단순히 책을 파는 전시장이 아니라 그 책이 만들어지는 과정을 보여주는 친절하고 섬세한 공방 같은 곳이어야 한다. 예를 들면, 그의 삶이 거기에 보이고, 그것이 반짝이는 콘텐츠가 되고, 그러다가 그것이 책으로 나온다고 하게 되면, 사람들은 그를 지켜봐온 그 시간을 사는 것이다. 그 콘텐츠는 책과 동일한 것이 아니다. 팔로어들에게 "SNS에서 다 봤으니까 책은 살 필요가 없겠지" 하고 여기게 해서는 안 된다. 대신, 그 과정을 콘텐츠로 만드는 게 중요하다. '이 사람은 이런 과정을 통해 여기에 이르렀구나' '그 결과물은 어떨까' 하고, 응원의 마음에 더해 호기심을 갖게 만들어야 한다.

나는 『회색 인간』을 앞에 두고 이것을 페이스북으로 어떻게 알려야 할까, 를 고민했다. "책이 나왔어요, 제가 기획했으니까 사세요"라고 하는 건 말이 안 된다. 대신 김동식이라는 사람을 알리기로 했다. 이 사람의 글이 얼마나 좋았는지, 내가 왜 그를 찾아갔는지, 만나보니 어떤 사람이었는지, 하는 것을 나는 페이스북에 올려나갔다. '김동식이 누구야, 『회색 인간』이 뭐야, 뭔데 이렇게 계속 말하는 거야'라고 궁금해하는 사람들이 조금씩 늘었을 것이다. 그리고 책이 나왔을 때, 나는 그어느 때보다도 공들여 이 책과 작가에 대한 이야기를 썼다. 물론, 그런다고 책이 '많이' 팔리지는 않는다. 그 후의 작업이 남아 있었다. 그동안 김동식 작가를 다룬 게시물에 좋아요, 공유, 댓글 등의 반응을 보인 사람들의 목록을 뽑으니 그것만도 1,000명이 넘었다. 나는 그들에게 메시지를 보내기 시작했다.

안녕하세요 ㅇㅇㅇ 선생님, 불쑥 메시지를 드려 죄송합니다. 김동식 작가의 『회색 인간』이라는 책은 제가 기획하고 출간했습니다. 말하자면 기획자가 되었는데요, 제가 쓴 책이 아니다 보니 민망함 없이 책의 구매를 권할 수 있다는 장점이 있네요. 무척 재미있는 소설집입니다. 그동안 없던 문체로 인간, 노동, 사회를 성찰하게 만들고 혐오와 차별의 기제를 우화를 통해 놀라울 만큼 아프게/편안하게 전달합니다. 특히 쉬운 문체로 되어 있어서 초등학생 고학년부터 중고등학생들까지도 빠르게 완독하고 토론의 주제로 삼는다고 해요. 평생 책 안 읽던 아이들이 다음 권 어디 있느냐고 묻는다고 하니 자녀나 조카들 선물로도 좋을 듯합니다. 주변에 많이 추천해주세요.

　○○○ 선생님께 『회색 인간』을 권합니다(더불어, 함께 출간된 『세상에서 가장 약한 요괴』와 『13일의 김남우』도 조심스레 권합니다). 재미와 즐거움과 스스로를 향한 무거운 물음표를 보장하겠습니다. 혹시 구입하셨다면, 염치없지만 페이스북이나 편하신 아무 공간에 짧은 서평을 부탁드리겠습니다. 페북에 포스팅하며 저를 태그해주시면 저도 감사의 댓글을 남길게요.

　감사합니다. 새해 복 많이 받으세요.

　김민섭 드림.

　한 번에 1,000명에게 메시지를 보내려고 하니 페이스북에서 경고 메시지를 보내 왔다. 하루에 100명 남짓에게만 메시지를 보낼 수 있다는 것 같았다. 그래서 나는 열흘에 걸쳐서 1,000명에게 모두 메시지를 보냈고, 그 이후에는 또 책에 관심이 있어 보이는 팔로어들에게 꾸준히 위의 메시지를 보냈다. 꼭 사서 보겠다고, 혹은 고맙다고 하는 답신이 그래도 꽤 많이 왔다. 한 20대 청년이 "보고 싶은데 제가 취준생이라서 돈이 없어요, 죄송합니다"라는 답신을 줘서, 나는 그에게 받아볼 수 있는 주소를 묻고 온라인 서점에서 나의 돈으로 구매해서 보냈다.

그렇게 한 달이 지났을 때 『회색 인간』은 4쇄에 들어갔다. 페이스북의 피드에는 "『회색 인간』, 뭔지는 모르는데 이거 요즘 왜 이리 말이 많아"라는 글들이 보였다.

나는 『회색 인간』의 판매지수를 보면서, 이제 내가 더 이상 할 수 있는 일이 없을 것 같아서, 조용히 웃고, 다시 작가이자 기획자의 자리로 돌아가기로 했다.

14 책은 작가와 출판사가 함께 파는 것이다

책이 출간되고 나면 책을 쓴 저자도 책을 만든 편집자도, 당연하지만 그 책이 잘되기를 바란다. 많이 팔리기를 바라는 것이다. 나는 책을 써보기도 하고 만들어보기도 했으니까 그 마음을 조금은 더 잘 안다. 서로의 생존을 위해서 저마다 간절하고 그래서 각자가 할 수 있는 일을 해나간다. 그런데 작가들 중 자신의 역할을 쓰는 것뿐이라고 믿는 사람들도 꽤 되는 듯하다. 이들은 책은 출판사가 파는 것이라면서 자신이 아무것도 하지 않으면서 책이 몇천 부씩, 아니 몇만 부씩 나가기를 바란다. 정말 좋은 글을 썼거나, 출판사에서 마케팅에 힘을 쏟거나, 작가가 유명하다거나, 하면 정말 그렇게 될지도 모른다. 그러나 그건 특별한 경우이고 책이라는 건 애초에 잘 팔리는 물건이 아니다. 무언가를 해나가야만 겨우 조금은 팔린다.

출간 이후 작가의 역할과 SNS

책은 작가와 출판사가 함께 파는 것이지만 요즘은 오히려 작가의 역할이 더욱 중요해진 듯하다. 여러 권의 출간 계획이 잡힌 출판사와는 달리 한 권의 책에 집중할 수 있는 작가가 꾸준히 무언가를 해야만 한다. 그러나 출판사의 일이라면서 거기에서 한 발 물러나고, 또 출판사가 책을 잘 팔지 못한다면서 비난하고 원망하는 작가들의 모습을 종종 본다. 첫 책이 어느 정도 화제가 되었던 모 작가는 책이 잘 팔리지 않는다고 출판사 대표를 드러내고 비난하기도 했다. 그는 온라인 서점의 판매지수가 1만이면 책도 1만 부가 나간다고 믿었던 것 같다. 결국 그러한 오해로 두 사람은 결별했다.

나는 적극적인 작가에 속하는 편이다. 코로나19가 찾아오기 이전 2019년에 내가 판매한 책의 수량이 2,000부 정도 되었으니까, 책의 초판을 혼자서 거의 소진한 셈이다. 그렇다고 해서 엄청난 저자 마케팅을 한 건 아니다. 남들이 하는 두 가지의 일을 하면서 하지 않는 일을 조금 었었다. 출판사가 할 수 없는 저자만의 몫을 해나간 것이다.

우선 작가가 SNS를 하고 거기에 지속적으로 책과 관련된 포스팅을 올리는 것은 가장 쉬운 일이다. 사람들은 책이 나왔다는 글에는 그럭저럭 반응을 해준다. 그게 적극적인 구매로 이어지는지까지는 모르겠으나, 작가에게 관심이 있는 사람들은 대개 그를 구독하고 있다. 작가가 SNS 계정을 가지고 있어야 하는 건 당연한 일이 되었다. 평소에도 꾸준히 글을 올려야 하고, 그러면서 자신의 글을 기다리는 사람들을 만들어야 한다. 이건 책의 판매를 위해서가 아니라 작가 자신을 위해서 하는 일이다. 어차피 쓰는 사람이라면 글은 계속 써나가야 한다. 나는 이 활동을 잘하는 작가로『인스타그램에는 절망이 없다』(한겨레출판)의 정지우 작가를 꼽는다. 그는 페이스북에 정말로 많은 글을 쓴다. 요즘에는 가족의 이야기를 쓰는 가운데 아버지이자 남편이자 글 쓰는 한 개인으로 살아가는 자신을 많이 돌아보는데, 그 특유의 따뜻한 관찰과 성찰이 있다. 지속적으로 팔로어가 늘고 있고, 그는 그러한 지지를 기반으로 이메일 구독이라든가 에세이 쓰기라든가 하는 조금 더 적극적인 활동을 해나간다.

『하버드 상위 1퍼센트의 비밀』(한국경제신문)을 쓴 정주영 작가는 정지우 작가와는 조금 다른 부분에서, SNS를 가장 잘 활용하는 작가라고 할 수 있다. 그는 인스타그램을 적극적으로 활용한다. 정지우 작가가 긴 글을 잘 전달하기 위해 페이스북을 사용하고 있다면 그는 짧은 글을 시각적으로 잘 보이기 위해 인스타그램을 사용한다. 그러니까, 어떤 흥미로운 사례를 문장과 이야기로 만들어 카드뉴스 방식으로 제작하고, 마지막에 자신의 책 제목을 넣는다. 책을 사라는 말은 없지만 그것을 읽은 사람들은 그 책에 그 내용들이 있을 것으로 믿게 된다. 그는 그것을 꾸준히 해나가면서 자신을 알리고 있다.

나도 SNS가 없었더라면 지금과는 상황이 많이 달랐을 것이다. 대학에서 나와 『나는 지방대 시간강사다』라는 책을 쓰고 얼마 지나지 않아 '저는 오늘 대학을 그만둡니다'라는 글을 페이스북에 올렸다. 그 글은 이틀 동안 130만 번 조회되었고 다음 날 모든 서점의 인문/사회 분야에서 그 책이 베스트셀러 2위까지 올랐다. '김민섭 씨 찾기' 프로젝트라는 것도 페이스북에서 이루어졌고, 나에게 무례했던 누군가를 고소하는 일의 전개도, 김동식 작가와 한기호 한국출판마케팅연구소장과의 인연을 말하는 창구로도, 결국 SNS가 그 중심에 있었다. 그러니까 SNS는 "단순히 책을 사주십시오"라고 하는 게 아니라, 저자가 자신을 매력적인 사람으로 보이기 위해 계속 관리해야 하는 공간인 것이다. 매력적인 척해야 한다기보다는 거기에서 자기 자신의 일을 꾸준히 해나가고 드러내며 자신에게 관심을 가지는 사람들과 만나야 한다는 의미다. 그건 어쩌면 작가가 아니더라도 대중에게 꾸준히 자신의 글을, 음악을, 그림을, 그리고 무엇을 내어 보여야 하는 모든 사람들의 몫이 되어버렸는지도 모른다.

내가 나로서 즐겁게 꾸준히 할 수 있는 일들

작가는 오프라인 공간을 적극적으로 활용해야 한다. 내가 언젠가 사회복지 기관에서 강연을 마쳤을 때 어느 분이 내게 찾아와 말했다. 너무 감명 깊게 잘 들었다고, 나의 책에 서명을 받고 싶으니 가져온 책에 서명을 해서 팔아달라는 것이었다. 내가 책을 가지고 다니지는 않는다고 하자 그는 "아이고, 작가가 책도 안 가지고 다니고… 좀 가지고 다니면서 팔아봐요"라고 말했다. 그래서 나는 다음 강연에 책을 다섯 권 정도 가져가서 강연이 끝난 이후 "저어, 제가 저의 책을 몇 권 가지고 왔는데 서명을 받고픈 분은 받아 가세요"라고 말했다. 그때 50명 중 절반이 넘는 분들이 줄을 섰다. 다섯 권으로는 당연히 부족해서, 책을 못 받은 분들에게는 이름과 주소와 전화번호를 받아 아래와 같은 문자를 보냈다.

안녕하세요, 김민섭 작가입니다. 오늘 저의 이야기를 들어주시고 책에도 관심 가져주셔서 감사합니다. 제가 쓴 책은 『나는 지방대 시간강사다』와 『대리사회』와 『훈의 시대』, 『아무튼, 망원동』입니다. 제가 만든 책은 김동식 작가의 소설집과 『삼파장 형광등 아래서』, 『내 이름은 군대』입니다. 서명을 받을 이름, 구매할 책, 배송받을 주소를 보내주시면 제가 책을 보내드리겠습니다. 계좌번호는 아래와 같습니다. 정가의 90%를 입금해주시면 됩니다.

한 권을 사는 사람도 있었고 여러 권을 사는 사람도 있었다. 내가 그날 그들과 얼마나 '잘' 만났느냐에 따라 한자리에서 100권이 넘는 구매 신청이 들어오기도 했다. 어느 날은 그곳의 대표가 혹시 가져온 책이 더 있느냐고 물었고, 차의 트렁크에 100권 정도가 있다고 하자 그는 "그럼 오늘 100권에 다 서명을 해줄 수 있습니까"라고 물었다. "아, 네, 물론입니다."

내가 책에 서명을 해서 쌓아두면 집에 계신 어머니가 그것을 포장해서 근처 편의점에서 부쳤다. 그렇게 2019년 1년 동안 200건이 넘는 강연을 다녔고 학교와 도서관을 제외한 자리에서는 나의 책을 팔았다. 합산해보니 오프라인에서 그렇게 판 책만 2,000부가 넘었다.

나에게 남은 것은 2,000부라는 숫자보다도, 오히려 사람이었다. 나는 그 독자들에게 문자를 보내면서 다음과 같은 내용을 덧붙였다. "앞으로 신간이 나오거나 하면 소식을 전해드릴게요. 싫으시다면 수신 거부를 해주세요." 내 휴대폰에 저장된 독자의 전화번호는 1,000개 정도가 되는데, 나는 신간이 나오면 문자를 보낸다. 새 책을 썼으니 한번 봐달라는 것이다. 그러면 곧 수십 개의 답장이 도착한다. 대개는 "네, 꼭 사 볼게요!" 하고. 온라인에서와는 또 다른, 든든한 관계다.

얼마 전 『당신이 잘되면 좋겠습니다』(창비교육)라는 신간이 나온 이후에도, 나는 편집자에게 "제가 할 수 있는 일을 할게요. 그리고 선생님은 제가 필요한 일이 있으면 뭐든지 말씀

해주세요"라고 말했다. 중고등학교에서는 〈착하게 살아가도 괜찮아: 선한 영향력의 가치〉라는 제목으로, 기관에서는 〈느슨한 연결의 힘〉이라는 제목으로 강연을 다녔다. 2022년 5월에 tvN 〈유 퀴즈 온 더 블럭〉에 출연한 이후로는 강연 요청이 많이 들어왔다. 절반 정도는 갈 수 없어서 거절해야 했다. 처음에는 강연비야 어디나 비슷하니 일정이 맞으면 가다가, 지금은 담당자에게 묻는다. 혹시 오는 분들이 책을 읽고 오시는지. 그렇다고 하면 감사히 일정을 맞추고, 그럴 계획은 없다고 하면 정중히 거절하고 있다. 중고등학교를 예로 들자면, 책을 읽은 학생들은 조금 더 좋은 표정으로 강연을 듣고 나름의 질문을 해나간다. 강연이 끝나고 나면 책을 들고 나와 서명을 받는다. 그러나 앞에 서 있는 작가가 누구인지 모르는 학생들은 처음부터 그다지 의욕이 없다. 끝나면 간식을 받아 도서관에서 나간다. 학생들이 책을 읽고 오면 좋겠다는 말은, 책을 팔기 위해서라기보다는 서로 그 시간을 조금 더 의미 있게 보내고 싶어서이기도 하다.

『당신이 잘되면 좋겠습니다』는 얼마 전 10쇄를 찍었다. 방송에 출연 이후 1년 동안 1만 부 정도가 판매되었다고 한다. 신간이 나올 때마다 그래, 내가 뭐라도 해야 사람들이 읽어주지, 하는 마음이 된다. 내가 나로서 즐겁게 하루하루 살아가는 일이 가장 중요할 테고 거기에 무언가 조금 얹어 살아가다 보면, 누군가 곁에 와서 계속 읽어주지 않을까.

15

전업 작가로
먹고살 수 있을까?

김동식 작가가 인터넷 게시판에 처음 글을 쓰기 시작하던 2016년 즈음에, 나도 전업 작가로서의 삶을 시작했다. 2015년 11월에 『나는 지방대 시간강사다』라는 책을 출간했고, 내가 그 저자라는 사실이 알려진 이후 대학에서의 공부를 그만두었다. 자의 반 타의 반이었다. '309동 1201호'라는 익명으로 글을 썼지만 대한민국의 학계라는 곳은 작고 폐쇄적이기에 누가 썼는지를 특정하는 데는 그리 오랜 시간이 걸리지 않았다. 내부에서 내가 그 책을 냈다는 것을 알게 되고 나서 이런저런 일이 있었고, 나는 대학에서 나왔다. 당장의 생계를 꾸릴 방법이 없어서 막막하고 외로웠다.

글쓰기, 나의 유일한 선택지

그때 나는 내가 인생의 중요한 선택을 앞두고 있다는 걸 알았다. 그런데 나는 그때까지 인생의 크고 작은 선택을 해야 할 때 타인을 그 기준으로 두는 일이 많았다. 무엇을 선택해야 저 사람보다 잘될 것인가, 무엇을 선택해야 저 사람에게 인정받고 저 사람을 실망시키지 않을 것인가, 하는 것이 선택의 기준이 되었다. 그러나 대학에서 나오며 느낀 게 있다면 내가 나로서 무언가를 선택해나간다면 그 일이 잘되든 못되든 괜찮겠구나, 하는 것이었다. 일이 잘되지 않는다고 해도 그 과정에서 결국 내가 남는다. 나는 이런 사람이었구나, 이러한 선택이 어울리고 행복한 사람이었구나, 하고 인생의 지향을 알 수 있게 된다. 대학에서 나오며 내 인생도 함께 끝나지 않을까 하는 불안이 있었으나 나는 그 어느 때보다도 나라는 사람에게 가까워진 듯했다.

스스로에게, 나에게 행복하고 가장 어울리는 일이 무엇일지를 물었다. 곧 하나의 단어가 떠올랐다. 내가 중학생 때부터 즐겁게 해온 일, '글쓰기'였다. 나는 아내에게 "내가 대학에서 10년 동안 논문만 읽고 쓰고 했어. 그러면서 쓰고 싶은 글들이 많았는데 당신이 괜찮다고 하면 1년 동안 그 글들을 써볼게. 2,000만 원을 벌면 계속 글을 쓰고 아니면 다시 맥도날드에서 아르바이트를 하든 할게"라고 말했다.

아내는 나에게 그렇게 하라고 했다. 하긴 뭐, 그렇게 답하는 것 말고 다른 선택지는 없었을 것이다. 그렇게 나는 전업 작가가 되었다. 사실 거창해 보이지만 누구라도 할 수 있는 일이다. 자격증을 주는 사람도 없고 월급을 주는 사람도 없다. 다만 그 일을 몇 년 동안 지속할 수 있는 사람은 별로 없다. 그게 쓰는 일이라고 하면 더욱 그렇다. 다만, 나도 아내도 믿는 구석이 있었다면 『나는 지방대 시간강사다』라는 책의 인세였는지도 모르겠다. 2,000부를 찍은 그 책은 2주 만에 2쇄 2,000부를 찍었고 그럭저럭 잘 팔리고 있는 것처럼 보였다. 지금 생각해보면 전국의 시간강사들이 한 부씩 사준 것 같다.

인터뷰 요청이 오면 흔쾌히 응하면서도 두 가지 조건을 걸었다. 실명을 공개하거나 사진을 찍을 수가 없다는 것이었다. 내가 어느 대학에 다니는 누구인지 알려지면 안 되기 때문이었다. 그러면 기자들은 아쉬워하거나 인터뷰를 취소하거나 했다. 취재원의 실명과 사진은 기사의 가장 중요한 부분이라는 것 같았다. 그러나 대학에서 나온 다음 날, 인터뷰가 예정되어 있던 기자에게 전화가 왔다. "저… 작가님, 진짜로 실명하고 사진 어떻게 안 됩니까. 한 번만 더 생각해주세요." 나는 그가 원하는 답을 해줄 수 있었다. "아 기자님, 제가 어제 대학에서 나왔습니다. 그렇게 하겠습니다." 수화기 너머에서는 진심으로 기뻐하는 목소리가 들려왔다. "아, 정말 잘됐습니다!" 이게 잘된 일인가, 나는 그때는 가치 판단을 하기 어려웠기에 조금은 쓰게 웃었다.

인터뷰를 하고 며칠 후, 〈조선일보〉의 문화면에 나의 기사가 나갔다. 1면이 거의 모두 나의 기사로 채워져 있었다. 그날 아침을 아직 잊을 수가 없다. 습관처럼 휴대폰으로 네이버와 다음(카카오)에 접속했을 때, 메인 화면에 나의 사진이 있었던 것이다. 그것도 오전 내내 꽤 오랜 시간 동안 그랬다. 다음에서는 "카카오가 선정한 오늘의 인물, 김민섭"이라면서, 나의 기사를 24시간 동안 뉴스의 사회면에 노출했다. 무언가 해야 될 것 같은 마음에 짧은 글을 써서 SNS에 올렸다. 내가 『나는 지방대 시간강사』라는 글을 쓴 사람이고, 대학에서 나왔고, 이제 전업 작가로 살아가려 한다고, 그리고 대한민국의 대학이라는 곳이 적어도 맥도날드보다는 나은 공간이어야 하지 않겠느냐는 내용의 글이었다. 하루 동안 130만 명에게 그 글이 노출되었다고 했다. 나를 기억하지는 못하더라도 많은 사람들이 어떤 사람이 대학에서 나왔다는 것을 알게 되었다.

인세로 생계를 영위할 수 있을까

다음 날 온라인 서점의 판매지수나 베스트셀러 순위 같은 것을 보니 『나는 지방대 시간강사다』가 '인문/사회' 분야의 2위 이내로 모두 진입해 있었다. 1위를 못한 것은 마침 신간을 낸 유시민 작가의 자리가 공고했기 때문이었다. 출판사의 담당 편집자에게도 "책이 다 나가서 3쇄를 찍고 있어요"라는 연락이 왔고, 〈경향신문〉에서는 올해의 작가로 신영복 작가와 나를 선정했다고 했다. 모든 일이 잘될 것처럼 보였다. 아내에게 약속한 2,000만 원도 금방 벌 수 있을 것 같았고 1년이 아니라 몇 년 동안 전업 작가로 살아갈 수 있지 않을까, 하는 희망도 잠시 가졌다.

그러나 3쇄 3,000부가 소진되고 다시 4쇄를 찍는 데는 1년 가까운 시간이 걸렸던 것 같다. 베스트셀러 순위에는 계속 있었지만 그건 아무래도 큰 의미가 없는 숫자였다. 책이라는 게 그다지 잘 팔리는 물건이 아니라는 것을, 1년에 2,000만 원의 인세를 버는 게 아주 어려운 일이라는 것을, 나는 곧 알게 되었다. 출판사에서는 한동안 인세가 들어오지 않았다. 계약서를 살펴보니 책이 팔릴 때마다 인세를 지급하는 방식이 아니었다. 출판사마다 달라서 미리 주기도 하고, 분기마다 정산하기도 하고, 1년에 한 번 정산하기도 하고, 3쇄를 찍으면서 1쇄의 인세를 정산하기도 했다. 나는 이후 여러 출판사에서 몇 권의 책을 냈다. 계약할 때 많이 들었던 말은 "표준계약에 준했습니다"라든가 "표준계약보다 우호적인 내용입니다"라는 것이었다.

저자 인세가 사실 10퍼센트에서 몇 퍼센트 더 오른다고 해결된 일은 아니었다. 애초에 책이라는 게 팔리는 물건이 아닌 것이다. 책 한 권의 값이 13,000원이라고 할 때, 저자는 한 권이 팔릴 때마다 1,300원을 받고, 1만 권이 팔려야 세금을 제하고 그럭저럭 1,000만 원 정도를 받게 된다. 그러나 1년에 1만 권이 팔리는 책이란 별로 없다. 책이 몇만 부씩 판매되는 건 무척 특별한 일이다. 내 주변의 베스트셀러 작가들도 한 권의 책이 잘됐다고 해서 다음 책이 중쇄를 찍을 것을 장담할 수 없다. 그래서 다른 일을 하며 겸업으로 하거나, 책을 기반으로 강연 요청이 많이 들어오거나, 영상화 판권이 나가기를 기대하거나 한다. 나는 곧 출판에 따른 인세로는 생계를 영위할 수 없다는 결론에 다다랐다.

쓰게 하고 쓰게 되는

인터뷰 기사가 나간 이후 여러 연락을 받았다. 착한 사람, 나쁜 사람, 이상한 사람들이 다양한 응원이나 제안이나 부탁을 해왔다. 큰 것이든 작은 것이든, 수락한 것이든 거절한 것이든, 모두 기억에 선명하게 남아 있다. 그중 카카오의 제안이 나의 쓰는 삶을 조금 더 지속 가능하게 해주었다.

2016년은 크라우드 펀딩이라는 것이 막 인기를 끌던 때였다. 카카오에서 찾아온 두 명의 PD는 나에게 카카오의 스토리 펀딩에 '지방시 이후'를 연재하고 후원자들에게 후원금을 받아보자고 말했다. 그러니까, 글을 쓰고 사람들에게 돈을 달라고 말하라는 것이었다. 그런 일을 상상해본 일이 없어서 그들에게 "사람들이 저에게 후원을 할 이유가 없지 않나요"라고 물으니 "앞으로 좋은 글을 쓰겠다고 하시면 되죠"라는 답이 돌아왔다. 후원금의 사용을 보고할 책임도 없다고 해서 "그럼 아이 분윳값으로 써도 되나요" 하니 "그럼요, 그럼요" 하면서 두 사람은 웃었다. 출판사에서도 적극적으로 도와주었다. 후원자들에게 줄 리워드는 책, 머그잔, 작가와의 만남 같은 것이었고, 출판사의 편집자들이 그것을 많이 도와주었다.

스토리펀딩이 시작된 첫날, 300만 원이 넘는 후원금이 모였다. 이미 나와 있는 책인데도 굳이 펀딩을 통해 구매하는 사람들이 있었고, 작가와의 만남을 하겠다고 5만 원이 넘는 후원금을 내는 사람들도 있었다. 두 달 정도 진행된 펀딩을 통해 1,000만 원이 넘는 후원금이 모였다. 작가와의 만남 자리에서 만난 그들은 나의 이야기를 들었고 당신이 앞으로 좋은 글을 써주기를 바란다는 말을 전했다.

그들이 나에게 기대한 건 무엇이었을까. 누군가는 나를 응원하기 위해서 왔고, 어느 대학 교수는 나에게 빚을 진 마음에 왔고, 정치에 꿈이 있는 누군가는 내가 세상을 바꿔줄 것이라는 기대를 가지고 왔다고 했다. 저마다의 이유가 있었다.

나는 그들을 보면서 계속 글을 써야겠다고 마음먹었다. 얼마 지나지 않아서 나는 글을 쓰기 위한 새로운 노동을 시작하게 된다. 인세로는 생계를 영위할 수 없을 것이라는 불안함에 더해 그렇게 해야 글을 쓸 수 있는 몸이 될 것 같았기 때문이다. 『나는 지방대 시간강사입니다』도 결국 노동하며 쓴 글이었다. 아내에게는 "미안한데, 나 다시 일을 하면서 글을 써야 할 것 같아"라고 말했다. 그때 아내는 나에게 "아, 그래, 하고 싶은 대로 해. 근데 이번엔 버거킹으로 갈 거야 아니면 롯데리아로 갈 거야"라고 물었다. 그래도 되었겠지만 나는 이번에는 조금 새로운 지점으로 가고 싶었다. 그게 뭔지 그때까지는 정의할 수 없었지만, 아무튼 나는 이전과는 다른 삶과 글쓰기를 위해 발을 옮겼다.

16

기획으로서의
글쓰기

필연이 되어준 우연

『나는 지방대 시간강사다』라는 책을 쓰고 첫 인터뷰를 했을 때, 기자가 나에게 말했다. "맥도날드에서 일한 거, 일부러 그렇게 하신 거죠?" 만약 내가 롯데리아나 버거킹에서 일했다면 책도 사람도 그렇게 주목받을 수는 없었다는 것이었다. 다국적 패스트푸드 기업의 표상인 맥도날드이기 때문에 『나는 지방대 시간강사다』라는 책이 잘된 것이라고, 나에게 치밀한 기획이 맞지 않느냐고 물었다. 나는 그의 분석에

동의하면서도 기획은 아니었다고 답했다. 사실 정말로 우연히 맥도날드의 구인 공고를 보았을 뿐이고 월, 수, 금요일 오전 출근과 50만 원의 급여와 건강보험 보장이라는 그 조건들이 나에게 모두 절실했기 때문이었다. 돌이켜보면, 그 우연이 결국 내 인생의 가장 필연이 되어주었다.

그러나 대학에서 나온 이후, 전업 작가가 되겠다고 선언했으니까, 이제부터는 기획의 영역이었다. 자연스럽게 쓰면 되는 게 아니라 의무적으로 무언가를 써야 했다. 생계를 영위하기 위한 글쓰기 노동의 영역으로 진입한 것이다. 『나는 지방대 시간강사입니다』를 쓴 사람의 다음 책은 무엇이 되어야 할까. 무엇을 써야 할지 몹시 막막했다. 그때 주변에서는 나에게 말했다. 작가에게는 첫 번째 책보다도 오히려 두 번째 책이 중요하다는 것이었다. 출판사에서는 나에게 '글쓰기 책'이나 '아버지와 주고받는 편지 책' 같은 기획은 어떻겠느냐고 제안해오기도 했다. 쓰려면 쓸 수 있는 책들이기는 했으나 내가 다음으로 꼭 가야 할 지점인지는 별로 확신이 들지 않았다. 그렇게 몇 개월이 지나는 동안, 내가 과연 두 번째 책을 잘 쓸 수 있을 것인가 점점 자신이 없어졌다. 누구나 한두 편쯤 세상이 놀랄 만한 글을 쓸 수 있을지도 모른다. 그러나 그것이 운이었다든가 자신의 모든 것을 끌어내었기에 더 이상 나올 것이 없는 역작이었다든가, 그렇다면 그 사람의 다음은 누구도 궁금해하지 않을 것이다.

그런 기획에 대한 고민과는 별개로, 나는 곧 전업 작가라는 선언이 무색하게 어떤 일을 시작하게 된다. 그건 아무래도 글을 쓰는 일로 생계를 영위하기는 어렵겠다는 두려움, 그리고 노동을 하며 쓰는 글에 결국 힘이 있겠다는 결론에 다다랐기 때문이다. 다시 맥도날드로 가야 할까 고민하다가 집 앞 스타벅스에서 사람을 구한다기에 거기로도 마음이 갔다.

나는 대학에서의 내 삶은 '유령'이나 '먼지' 같았다고 책에 써두었다. 어느 공간의 중력에 순응하지 못하는 한 개인의 몸은 자기 자신으로서 존재하지 못하고 부유하거나 배회할 뿐이다. 그러나 어쩌면 나는 '대리인간'으로서 존재했던 게 아닐까. 자신의 욕망이 아니라 타인의 욕망을, 그 공간의 욕망을, 사회의 욕망을 자신의 것으로 믿고 대신 수행하며 살아가는 존재. 그 순간 '대리'라는 단어가 나의 몸을 감쌌다. 그리고 곧 그 단어가 포함된 하나의 노동이 떠올랐다. '대리운전', 대리로서 타인의 운전석에 존재해야 하는 노동. 거기에서 보는 이 사회의 모습은 나에게 어떻게 비추어질까, 그리고 그 풍경에서 무엇을 배울 수 있을까. 나는 설레기 시작했다. 햄버거 재료를 나르면서도 많은 것을 배웠는데 이번에는 어떨까. 인터넷 포털사이트에 대리운전이라는 단어를 검색하자 카카오에서 택시뿐 아니라 대리운전 사업에도 진출한다고, 3일 뒤에 첫 기사 면접을 본다는 뉴스가 나왔다. 가슴이 뛰기 시작했다. 이건 어쩌면 나를 위해 준비된 이벤트인지도 모른다. 일 년 반 전에 맥도날드 구인 공고를 보았던 것도 우연이었지만 거기로 들어간 순간 그 우연은 필연이 되어주었다. 내가 나로서 무언가를 선택하며 살아간다면, 스스로를 향한 물음표를 만들고 답해나간다면, 주변의 우연들이 언젠가부터 나를 위해 준비된 필연으로 변한다. 이번에도 그럴 것이다.

진심으로 살아가는 삶 마주하기

대리운전을 처음 시작한 것은 2016년 5월 말, 카카오가 첫 번째 서비스를 시작한 날이기도 했다. 나는 카카오 1기 대리기사가 되었다. 그러면서, 두 번째 물음표가 찾아온다면 다음 책을 대리운전에 대한 것으로 쓰자고 마음먹었다.

이때까지만 해도 대리운전을 하며 겪는 에피소드들이 있을 테니 그걸 책으로 묶으면 그럭저럭 재미있겠지, 하는 가벼운 마음이었다. 그러나 맥도날드 물류 상하차 일과는 비교할 수 없을 만큼 힘들어서 하루하루 소진되어갔다.

운전을 시작한 지 한 달쯤 지났을 때, 운전석에서 내리며 문득 새로운 물음표가 떠올랐다. "어쩌면, 이 사회가 거대한 타인의 운전석이 아닐까?" 대리운전을 하는 동안 나는 세 개의 말을 반복했다. "네"라는 대답, "맞습니다"라는 동의, "대단하십니다"라는 칭찬이었다. 당신의 말을 경청하고 있다는 티를 내야 했고 당신의 의견에 순응하겠다는 티를 내야 했고 당신에게 감탄했다는 티를 내야 했다. 모든 물음표를 지우고 그러한 말을 반복하다 보면 나는 어느새 차의 주인에게 팁까지 받아 다음 콜을 타기 위해 걷고 있었다. 그러나 그런 화법은 대리운전을 하는 타인의 운전석에서만 가졌던 게 아니었다. 대학에서도 그랬고 내가 나로서 존재할 수 없는 이 사회의 여러 공간에서 나는 그렇게 살아왔다. 나는 대리운전을 시작한 지 한 달밖에 안 되었지만 아주 오랫동안 끊임없이 대리운전을 하며 살아온 존재일 것이다. 그런 것은 나뿐이 아닐 것이다. 우리는 대리사회 안에 살아가며 서로를 대리인간으로 만드는 데 열심이다. 마치 좀비가 되어 타인을 감염시키는 것처럼.

나는 그날 두 번째 책의 주제를 정했다. 떠올린 그 문장들을 잊고 싶지 않아서 그날은 빠르게 집으로 돌아왔다. 노트북을 열고 "이 사회는 거대한 타인의 운전석이다"라고 적고, 그 밑에 '대리사회'라는 글의 제목을 적었다. 그 이후로 대리운전이 끝나는 새벽이 되면 근처의 24시간 카페나 해장국집 같은 데 들어가 첫차를 기다리면서 그날 배운 것들을 기록해나갔다.

고백하자면, 처음에는 『대리사회』에 대한 확신이 별로 없었다. 그래서 글쓰기 책 같은 것을 조금씩 써나가면서, 대리운전을 하고 있다거나 그러한 책을 쓰고 있다거나 하는 사실을 숨겼다. 대리운전이라는 노동이 부끄럽기도 했기 때문이다. "아이고, 그거 하자고 대학에서 나온 건가, 딱하네"라는 말을 들을 것 같았다. 그래서 두어 달 정도 조신하게 글을 쓰고 일을 해나가고 있던 차에, 도움을 주던 어느 선생께 대리운전을 하고 있다고 말했다. 그가 나를 어떻게 바라볼지 걱정이었는데 그는 박수를 치며 "천재적입니다. 그걸로 글을 쓴다고요, 와, 역시 대단합니다" 하고 말해왔다.

그날 밤, 그에게 모 출판사 사람들을 만나보면 좋겠다는 연락이 왔고 다음 날 계약서를 든 사람들이 왔다. "저어, 아직 목차도 제대로 안 나온 글인데요" 하고 말하자 그들은 괜찮다고 '대리사회'라는 제목으로 책을 완성하고 출간하자고 말했다. 나의 적당히 비겁하고 조심스러운 태도에 그러한 조력이 겹치면서 두 번째 책의 계약은 어, 하는 사이에 이루어졌다.

『대리사회』를 쓰는 동안, 나는 『나는 지방대 시간강사입니다』에서 했던 작업을 반복하고 싶지는 않았다. 그러니까, 개인의 고백에 머무르고 싶지 않았다. 그러면 지켜보는 사람들도 나도 서로 피로해질 것이었다. 그래서 나는 조금 더 나아가기로 했다. 개인에서 시작한 물음표를 사회를 향한 물음표로 확장하고자 했다.

『대리사회』라는 책은 다행히 잘되었다. 나의 다음을 걱정하던 사람들도 '아, 여기까지 잘 오셨네요' 하는 표정으로 나를 바라보았다. 그리고 나에게 좋은 기획이었다고 덧붙였다. 사실 대리운전을 한 것은 기획이라기보다는 삶이었다. 그 일이 나와 우리 가족의 생계가 되고 타인의 운전석이 있는 그 거리가 나의 강의실이자 연구실이 되었다. 하나의 에피소드를 덧붙이자면, 아내와 함께 대리운전을 하면서 아이의 방에 CCTV를 설치해두고 아이의 자는 모습을 지켜보았다. 이 책에서 그것이 가장 인상적이었다는 말을 많이 들었다. 그러나 아내에게 나오기를 강요했던 것이 아니다. 그가 나에게 "내가 도와주면 조금 더 편하게 돈을 더 벌 수 있는 거지? 도와줄 테니까 나에게 돈을 더 줘"라고 말하고는 괜찮다는데도 나왔던 것이다. 이것 역시 하나의 삶이었다.

기획으로 삶을 구성하고 내어 보이기란 어렵다. 그러나 진심으로 살아가는 삶은 타인의 눈에 자연스러운 기획처럼도 보인다. 결국 진심으로 하루하루를 살아갈 때 쓰고 싶은 글이 생기고 나아갈 길이 보이는 듯하다.

17

한 공간과
한 시절의 글

공간이 글쓰기에 미치는 영향

나는 강원도 원주의 대학에 다녔다. 거기에서 공부하고, 대학원에 진학하고, 연구자가 되어 논문을 쓰고, 시간강사가 되어 강의하고, 그러다가 『나는 지방대 시간강사다』라는 책을 쓰고 거기에서 나왔다. 나는 그때 아내에게 지도를 내밀면서 "자, 당신이 이사 가고 싶은 곳을 말해봐. 우린 어디든 갈 수 있어"라고 말했다. 어차피 나의 일이라는 것은 이제 노트북만 있으면 어디에서든 할 수 있는 것이 되었고, 무엇보다도 원주라는 그 애증의 도시에서 어찌되었든 떠나고 싶었던 것이다. 아내는 제주도라든가 경주라든가 파주라든가 몇 군데를 말해보다가, 결국 아무 데도 가고 싶지 않다고 말했다. 그에게는 원주가 자신이 나고 자란 고향이었다. 다른 도시에서 아이들을 키우고 새로 시작한다는 것이 잘 상상이 되지 않는다고 했다. 나는 『대리사회』를 서울-원주 주말부부로 살면서 썼다. 평일에는 서울에서 대리운전을 하고, 주말에는 원주에서 가족들과 만났다. 노트북만 있으면 어디에서든 일을 할 수 있겠다고 했으나 대리운전도 서울에서나 제대로 할 수 있는 것이었다. 그럭저럭 인구 30만 명이 넘는 원주에서만 해도 2인 1조로 일을 하지 않으면 하루에 세 콜 이상 일하는 것이 어려웠다. 콜이 적은 것도 그렇고 한 번 외진 곳으로 가게 되면 거기에서 나올 수 없었다. 그러나 서울은 시내가 끝없이 이어진 대도시이기 때문에 어디에서든 콜이 나왔다.

나는 망원동에 머물면서 글을 썼다. 서울에서도 굳이 망원동이었던 것은 두 가지의 이유가 있었다. 우선은 내가 나고 자란 고향이었다. 부모님의 집이 있어서 먹고 자는 일이 해결되었다. 그리고 무엇보다도 한국출판마케팅연구소 한기호 소장의 후의가 있었기 때문이다. 『나는 지방대 시간강사다』가 출간되었을 때 그가 자신의 블로그뿐 아니라 〈경향신문〉의 지면에 서평을 써준 일이 있다. 그때 편집자가 "어머, 한기호 소장님께서 책의 서평을 써주셨어요" 하고 말해서 나는 "그분이 누군데요?" 하고 물었다. 나는 교수들의 이름이야 잘 알아도 출판계 사람의 이름이란 인문 학술 도서를 전문으로 펴내는 일부 출판사 대표들 몇을 아는 게 전부였기 때문이다. 몇 달 지나지 않아 나는 김성신 출판평론가의 소개로 그를 만나게 됐다. 첫 만남에서 그는 나에게 "글을 쓰려면 작업실이 필요할 텐데요, 여기 서교동에 내가 쓰는 오피스텔이 있고 남는 책상이 있으니 와서 글을 써요"라고 말했다. 서교동은 망원동의 바로 옆에 있는 동네이고 부모님의 집도 걸어서 5분 거리에 자리하고 있었다. 보통 그러한 제안이란 여러 시간 고민하고 또 염치가 있다면 대개 거절하는 것이 맞는다. 그러나 그때의 나는 더 잃을 것도 없었고 인생이란 나의 선택으로 필연이 된다는 새로운 삶의 태도도 마침 가지게 되었기에 그러겠노라고 흔쾌히 답하게 된다. 김성신 평론가가 그분에게는 당신이 잘되기를 바라는 마음 외에는 없을 것이라고 말해준 것도 이유가 되었다.

2016년 봄부터, 한기호 소장의 오피스텔 책상 한편에서 글을 쓰기 시작했다. 『대리사회』라는 책은 여러 사람의 후의로 세상에 나올 수 있었지만 누가 가장 큰 도움을 주었느냐고 하면 한기호 소장이었다. 나는 낮에는 오피스텔에서 글을 쓰고 밤에는 대리운전을 하고 새벽이 되면 다시 오피스텔로 돌아왔다. 내 맞은편에 앉은 장동석 주간은 거기 계신지도 잘 모를 만큼 조용히 무언가를 계속 기획하거나 쓰거나 했고 내 뒤에 앉은 한기호 소장은 종종 나에게 무엇을 묻는다든지 자신에게 있었던 일들을 한참 전한다든지 했다. 그러다가 두 분이 저녁에 퇴근하고 나면, 나도 곧 대리운전 콜을 받고 밖으로 나갔다. 일이 끝나는 건 대개 새벽 1시나 2시쯤이었고, 나는 근처 편의점에서 맥주 몇 캔과 삼각김밥 같은 것을 사서 들어가서 먹고, 그날의 기록을 몇 줄 써두고는 이불을 펴고 잠들곤 했다. 아침이 되면 장동석 주간이 출근하면서 "좋은 아침입니다"라고 말했다. 내가 먼저 일어나 있는 일도 있었지만 새벽에 라디오 방송까지 하고 출근하는 그가 더 빨리 오는 일도 있었다. 그러면 나는 주섬주섬 이불을 개고 세수를 하고 내 자리에 앉았다.

나는 한기호 소장이 오피스텔을 정리하기 이전까지 1년 정도를 함께 보냈다. 그는 나에게 출판사 사무실에서 계속 그렇게 지내도 된다면서 라꾸라꾸 침대도 새로 사두었다고 했으나 왠지 염치가 없어서 그러지 못했다. 만약 그가 계속 그 공간을 유지했더라면 『대리사회』와 같은 책이 한 권 정도는 더 나오지 않았을까 싶어서, 혼자 조용히 웃게 된다.

한 개인이 한 시절에만 쓸 수 있는 글이 있다

그러나 망원동에 머문 덕분에 새로운 글을 쓰게도 되었다. 어느 날 나는 꽤나 감상에 젖어서 페이스북에 "망원동에 대한 글을 쓰고 싶을 만큼 다시 돌아온 이 고향이 너무나 좋다"라는 내용의 글을 썼다. 실제로 내가 어린 시절을 모두 보낸 동네였던 것이다.

특히 망원역과 마포구청역의 중간쯤 되는 망원우체국 사거리에 서고 나면 (지금은 우체국이 없어지고 프랜차이즈 치킨점이 들어서기는 했으나) 15년 만에 돌아온 동네의 시간은 여전히 멈추어 있었다. 망원우체국은 중학생 시절 연애편지를 주고받기 위해 자주 찾은 곳이고, 스마트안경점은 첫 안경을 맞춘 곳이고, 그 옆의 원조청기와숯불갈비에서는 동생과 나에게 갈비를 잘라주고 있는 젊은 아버지가 보이고, 망원시장에서 나오는 길에는 시장바구니를 든 젊은 어머니가 보이는 것이다. 그리고 아홉 살쯤 된 김민섭 씨가 언젠가부터 나를 따라다녔다. 그는 여기저기를 활보하고 새로 생긴 가게를 기웃거리거나 했다.

『대리사회』를 출간했을 즈음에는 출간을 제안하는 이메일이 종종 왔다. 한 달에 두어 건은 반드시 왔던 것 같다. 다음 책이 무엇이든 함께하자거나 다음 책은 이런 것이 되면 더욱 좋을 테니 함께하자거나 하는 제안들이었다. 처음에는 진지하게 고민해보기도 했으나 곧 계약해둔 책이 두 권이나 된다는 사실을 떠올리고 정중하게 거절해나갔다. 그러던 어느 날, 왜 그랬는지 "망원동에 대한 글을 쓰고 싶…"이라는 글을 올린 다음 날, 알고 지내는 편집자에게 전화가 왔다. 제철소라는 1인 출판사의 대표가 출간 건으로 전화를 드리겠다는 것이었다. 나는 처음에 철을 제련하는 곳인 줄 알고, 포스코 같은 데서 일하시는 분이 왜 나를 보자고 하시는 거지, 하고 혼란스러웠다. 곧 김태형 대표에게 전화가 왔다. 그는 나에게 페이스북의 글을 보았다면서 망원동을 주제로 한 책을 써보면 어떻겠느냐고 물었다. 그러면서 자신이 위고, 그리고 코난북스와 함께

'아무튼, ○○'이라는 출판 프로젝트를 기획했으니 『아무튼, 망원동』이라는 책을 써보자고 덧붙였다. 거절할 준비를 하고 있던 나는 그때 마음이 뛰었다.

사람에게는 어느 한 시절에 반드시 써야만 할 글이라는 게 있다. 그 시절을 놓치면 그 글은 세상에 나올 수 없다. 글뿐 아니라 모든 게 그렇지 않을까. 나는 〈슬픈 인연〉이라는 노래를 좋아한다. "그러나 그 시절에 너를 또 만나서 사랑할 수 있을까, 흐르는 그 세월에 나는 또 얼마나 많은 눈물을 흘리려나." 내가 쓰고 싶은 한 시절의 글을 자신의 비용을 들여서 출간해주겠다는 사람이 있다니, 나는 그에게 "저어, 그럼 한번 해볼까요"라고 답했다.

『아무튼, 망원동』을 쓰는 데는 꼬박 1년이 걸렸다. 원고지 400매 내외의 문고본 판형의 단행본이었는데도 그랬다. 쓰고 싶은 글이니까 6개월이면 됩니다, 하고 시작한 나는 민망하고 초조했으나 어떻게든 한 시절의 글을 써냈다. 지금까지 내가 출간에 성공한 글은 대개 내가 기획해서 쓴 것들이다. 좋은 편집자들이 나에게 적합한 책을 제안하기도 했지만, 그것들은 출간에 이르는 데 거의 실패했다. 쓰고 있자면 그 시절에만 쓸 수 있을 것만 같은 다른 글들이 떠올랐던 것이다. 한 권의 책을 쓴다는 건 그 시절에만 쓸 수 있는 자신의 세계와 만나는 일인지도 모른다. 그것을 찾아내고 나면 글쓰기는 노동이 아니라 온전히 자신을 고백하고 기록하는 일이 된다.

그 한 시절의 모두가 안녕하길

'스마트안경점'은 망원우체국 사거리에 있는 적당한 규모의 안경점이다. 1991년부터 자리를 잡은 그곳에서 나뿐 아니라 성산동과 망원동의 아이들이 대부분 첫 안경을 맞췄다. 주인인 30대 남자는 언제나 친절했다. 시력검사를 하고, 테와 렌즈를 고르고, 시간이 걸려 안경이 완성되고 나면 그는 "자, 한번 볼까" 하면서 손수 안경을 씌워주었다. 그때 볼의 약간 윗부분에 그의 손이 닿았다. 참 따뜻했다고, 나는 기억하고 있다. 스무 살이 되어 나는 망원동(성산동)을 떠났다. 그러고는 학교 때문에, 군대 때문에, 직장 때문에, 그 무엇 때문에 계속 멀어져 있었다. 한동안 안경점에 갈 일도 별로 없었다. 이전처럼 안경을 자주 부러뜨리지도 않았고 시력이 크게 변할 일도 없는 나이가 되었다. 직장 근처에는 '안경나라'나 '다비치'

같은, 점원을 몇 명씩 두고 영업하는 대형 안경점들이 있어서, 주로 거기로 갔다.

얼마 전 "스마트안경 딸입니다"라고 시작하는 메일을 한 통 받았다. 안경점 주인의 딸이라고 밝힌 그는, 얼마 전 출간한 나의 『아무튼, 망원동』이라는 책을 잘 읽었다면서 "작가님이 저희 부모님의 사업체에 대해 좋은 추억을 갖고 계신 것 같아서, 반갑고 정말 감사드립니다. (…) 시간이 괜찮으시면 12월 중순쯤에 한번 가게에 방문해주시겠어요?" 하고 제안했다. '도시를 자신의 고향으로 기억하는 사람들을 위한 책'이라는 『아무튼, 망원동』을 내고서, 아무튼, 가장 기쁜 순간이었다. 답장을 보내고 곧 만날 약속을 잡았다.

가는 길에, 동네 책방인 한강문고에서 나의 책을 한 권 샀다. 별로 많이 팔린 책이 아닌데도 베스트셀러 매대에 작은 메모까지 더해서, 왼쪽에는 유시민 작가가 오른쪽에는 노벨 문학상 수상자가 있는 그 가운데에 놓여 있었다. 동네 작가의 책을 굳이 잘 보이는 매대에 놓아준 동네 책방의 후의에 깊이 감격했다. 한강문고부터 스마트안경점까지 약 3분쯤 걸리는 그 거리를, 어느덧 아홉 살에서 서른다섯 살로 훌쩍 자란 나는 나의 책을 들고 걸었다. 문을 열고 들어가자 주인 내외가 나를 보고는 아, 왔네, 하고는 "아니 그때 얼굴이 남아 있네, 기억이 나요" 하고 몇 번이고 말했고, 나 역시 "하나도 안 변하셨어요, 목소리도 그대로세요" 하고 인사드렸다. 아홉 살과 30대 후반으로 돌아간 두 사람은 서로를 마주하고 한참을 바라보았다.

그는 이미 준비해둔 책 다섯 권을 여기에 사인을 좀 해줘요, 하고 꺼내놓고는, 나의 안경을 벗겨서 이리저리 매만졌다. 나는 민망해서 "아이하고 놀다 보니까 안경 코가 계속 휘어요" 하고 변명하듯 말하고, 책 다섯 권에 나의 이름을 적어나갔다. 과연, 책에는 한강문고의 도장이 선명해서 괜히 다시 울컥하는 것이었다. 어느새 나는 시력 검사 기계 앞에 앉아 있었다. 그는 "도수를 낮추는 게 더 잘 보이겠고, 난시도 조금 조정이 필요하겠고, 어디 이걸 한번 써보자" 하고는 새로운 렌즈를 내 눈앞에 가져다 댔다. 갑자기 세상이 너무 밝아져서 나도 모르게 앗, 하고 반응하자, 그는 "됐네, 우리 밥 먹고 오자" 하고 나를 이끌었다. 동네 식당에서 밥을 먹으면서 우리는 한동네에서 오래 살아온 사람들이 할 법한 이야기를 오래 나누었다.

안경점에 돌아와서 그는 완성된 안경의 렌즈를 정성스럽게 닦기 시작했다. 내가 "사장님, 괜찮아요…" 하고 말하자 그는 "나는 여기에서 안경 팔아서 벌 만큼 벌었어, 이 안경은 지금 내가 쓰고 있는 것과 완전히 같은 모델이야, 렌즈도 글을 쓰는 사람에게 가장 좋을 만한 것을 골랐어, 정말 좋은 안경이지, 그러니까 계속 글 잘 써요" 하고 답하면서, 나에게 안경을 씌워주었다. 25년 전 볼에 닿던, 그 따뜻한 감각 그대로였다.

어느 동네에나, 그 자리를 오래 지켜온 가게들이 있다. 그곳의 아이들이 자라는 모습을 지켜보면서 자신의 노동을 해온 이들이 있다. 스마트안경점에서 내가 맞추어온 것은 단순한 안경이 아니라 추억이었다. 그래서 그 사거리를 지나갈 때마다 괜히, "아, 우리 동네는 여전히 '잘' 있구나" 하는 마음이, 정말로 드는 것이다. 한강문고 역시 동네의 서사를 기억하고 보존하는 데 힘을 보태고 있다. 동네에서 함께 살아간다는 감각은, 그런 것이다. 모든 것이 여전할 수는 없겠지만, 나의 몸이 나이 들고 부수어지는 만큼 건물과 가게 역시 그런 부침을 겪겠지만, 그래도 그 사라짐이 어느 날 갑자기,가 아니라 추억을 보존하는 방식으로 조금은 천천히, 시간을 두고 일어나기를 바란다. 새로움과 여전함이 공존하고 그 안에서 자란 모두가 안녕한 공간, 도시의 고향이 가져야 할 모습이다.

※이 글을 쓴 지 얼마 지나지 않아 한강문고가 있던 자리에는 스크린골프장이 들어섰다. 언젠가 다시 서점이 들어서길 바랄 뿐.

18

글쓰기의 대상은
나-사회, 시대,
그리고 당신

모 작가가 나의 신간 『당신이 잘되면 좋겠습니다』의 서평을 쓰면서, "오랜만에 김민섭의 정규 앨범 같은 책이 나왔다"고 한 일이 있다. 나는 따로 댓글을 달거나 하지는 않았으나 거기에 깊이 공감했다. 2015년에 출간된 『나는 지방대 시간강사다』, 2016년에 출간된 『대리사회』와 2018년에 출간된 『훈의 시대』를 잇는 다음 책 같은 것이었기 때문이다.

나에게서 출발한 물음표들

나는 이 책에서도 꾸준히 스스로를 향한 물음표에 답을 한 이후에 타인과 사회와 시대로 그 질문을 확장해야 한다고 말해왔다. 예컨대, '나는 괜찮은가'라는 질문은 그 이후 순차적으로 '당신은 괜찮은가', '우리는 괜찮은가', '이 사회는 괜찮은가', '이 시대는 괜찮은가' 하고 건강하게 확장되는 것이다. 그렇게 고백을 통해 단단해진 개인들이 선언과 제안의 단계로 진입할 수 있다. 내가 글을 쓰는 마음은 여기에 닿아 있다.

나에게서 출발한 물음표들을 타인과 이 사회에 다시 보내면서 그들과 연결되고 싶다. 『훈의 시대』 이후, 나는 '당신', 말하자면 타인이라는 대상을 전면에 내세웠다. 시대보다 확장된 대상을 찾지 못한 것처럼도 보이지만, 사실 이 시기의 나는 어쩌면 타인만큼 하나의 세계라고 할 수 있는 큰 존재는 없지 않은가, 하는 마음이 되어 있었다. 『당신이 잘되면 좋겠습니다』는 나의 삶의 태도를 변하게 한 몇 가지 경험을 담은 책이다.

대학원생 시절에 사회적인 몸으로 스스로를 감각하기 위해 했던 헌혈이라든가, 나와 이름이 같은 청년에게 항공권을 양도한 '김민섭 씨 찾기 프로젝트'라든가, 나에게 무례했던 누군가를 고소했던 일이라든가, '몰뛰작당'이라는 달리기 모임을 만들었던 일 같은 것들이다.

그 이전까지 '나만 잘되면 좋겠다'라는 태도를 가지고 있었다면 언젠가부터는 '당신이 잘되면 좋겠다'라고 삶의 태도가 근본적으로 변하게 되었다. 물론 모든 타인의 잘됨을 바라야 한다는 무책임한 말은 아니다. 결국 개인은 자신과 결이 같은 이들과 이어지기를 바란다. 그들의 잘됨이 자신의 잘됨이 될 것을 믿는다. 우리는 그러한 결을 가진 선한 개인들과 계속 만나야 한다. 이 과정에서 만난 모두가 어쩌면 나에게는 대학에서 나와서 만난 지도교수들이었고 모든 공간은 하나의 실험실이기도 했다. 그러면서 나는 개인과 사회의 관계에 대해 이전과는 다른 규정을 하게 된다.

잘 살기 위한 노력, 잘되고 있다는 증거

'김민섭 씨 찾기 프로젝트'에 대해 간단히 말해두려 한다. 2017년에 나는 서른다섯 살이었다. 그때 문득, 아직 해외여행을 한 번도 다녀오지 않았다는 사실이 떠올랐고, 몹시 억울해졌다. 연구실이나 과 사무실을 며칠씩 비울 수 없었기 때문이기도 하고 여행을 가려면 돈이 아주 많이 든다고 짐작했기 때문이었다. 그래서 가까운 곳으로 2박 3일이라도 다녀오기로 하고 후쿠오카행 왕복 항공권을 구입한다. 설레는 마음으로 출국을 기다리던 중에, 아이가 몸이 아파 찾은 병원에서 수술 날짜를 출국 하루 전으로 잡아주었고 나는 공항과 병원 중 어느 곳으로 갈지 선택을 해야 했다. 결국 병원으로 가기로 하고 여행사에 전화를 해서 환불을 요청한다. 10만 8,300원을 주고 구매한 항공권의 환불 예정 금액은 1만 8,000원이라고 했다. 아무리 땡처리 티켓 같은 것이었다지만 이건 좀 너무한 것이다. 차라리 아무에게나 대신 다녀오라고 주어도 그도 나도 1만 8,000원보다는 더 행복할 것 같아서 양도를 하겠다고 말했다. 그러자 상담원은 나에게 세 가지 조건을 가진 사람을 직접 찾아오라고 답한다. 1) 대한민국 남자여야 하고, 2) 그 남자의 이름이 김민섭이어야 하고, 3) 그의 여권에 있는 영어 이름의 스펠링이 같아야 한다는 것이었다. 나는 이것이 거의 불가능하다는 것을 알았지만 한번 찾아보겠다고 말하고 전화를 끊는다.

페이스북에 '김민섭 씨를 찾습니다. 후쿠오카 왕복 항공권을 드립니다'라는 글을 쓴 지 3일 만에 정말 김민섭 씨가 나타났다. 1993년생, 나와 열 살 차이가 나는 스물다섯 살 청년이었다. 그는 대학에서 디자인을 전공하고 있고 졸업 전시 비용이 부족해 휴학하고 일을 하고 있다고 했다. 정말 여행 가기에 적합한 김민섭 씨가 나타난 것이다. 그에게 항공권 양도 절차를 밟던 그때, 메시지가 한 통 더 도착했다. 다행히 김민섭 씨가 아니었다.

김민섭 씨 찾기 프로젝트를 잘 보고 있습니다. 결례가 되지 않는다면 제가 숙박비 30만 원을 후원해드리고 싶습니다. 저는 고등학교에서 아이들을 가르치고 있는데 우리 학교에는 형편이 어려운 학생이 많아서 그들은 항공권이 있어도 여행을 못 갈 겁니다. 어딘가에 있을· 김민섭 씨도 그럴지 몰라서 제가 돕고 싶습니다.

김민섭 씨를 찾았다는 게시물을 올리자 누군가는 자신이 쓰고 남은 버스 승차권을 보내주겠다고 했고, 누군가는 와이파이 기계를 보내주겠다고 했고, 누군가는 후쿠오카 타워 입장권을 보내주겠다고 했다. 그리고 여행을 며칠 앞두고 카카오의 스토리펀딩 담당자가 연락을 해와서 김민섭 씨의 여행

경비를 후원하고 싶다고, 그리고 졸업 경비까지 함께 마련해 보고 싶다고 말하게 된다. 그는 김민섭 씨가 여행을 잘 다녀오면 대한민국의 평범한 청년들이 용기를 얻을 수 있을 것이라고, 그리고 그가 여행을 다녀와서도 미래를 상상할 수 있으면 좋겠다고 했다. 지금까지 김민섭 씨 찾기 프로젝트였던 것이 이제는 '1993년생 김민섭 씨 후쿠오카 보내기 프로젝트'로 이름이 바뀌었다.

1993년생 김민섭 씨는 여행을 잘 다녀왔다. 그는 출국장에서 나에게 다음과 같이 말했다. "잘 다녀올게요. 작가님이 1983년생이고 제가 1993년생이잖아요. 언젠가 꼭 2003년에 태어난 김민섭을 찾을게요. 그리고 아무 조건 없이 여행을 보내줄게요. 그러기 위해서 잘 살게요." 나는 잘 살겠다고 하는 그의 말이 고마웠다. 우리가 잘되기를 바란, 그리고 구원한 한 존재가, 결국 이 세계를 구원해내는 것이 아닐까. 그는 휴학을 하고 졸업 전시 비용을 마련해야 했던 어느 연약한 시절에 이런 특별한 경험을 했다.

2003년에 태어난 어느 김민섭 씨를 위해 그는 잘 살 것이고, 그 어느 김민섭 씨도 그에 보답하기 위해 잘 살 것이다. 어쩌면 우리가 간절히 잘되기를 바라는 한 대상은 끝끝내 잘되고야 마는지도 모른다. 무엇보다도 그들은 누군가의 잘됨을 바라는 한 존재가 되어 타인을 돕고 그러한 선순환이 우리의 세계를 구원해내는 것이 아닐까. 나도 많은 도움을 받았고 그래서 잘 살기 위해 노력 중이다. 잘 산다는 게 뭔지는 사실 잘 모르겠다. 다만 누군가가 잘되었을 때 이제 저 사람의 가족들은 잘 먹고 잘 살겠구나, 하고 끝나는 것이 아니라, 저 사람이 잘되었으니 우리 사회가 잘되고 있다는 증거가 되겠고 무엇보다도 나도 잘될 수 있겠구나, 하는 마음을 가지게 하는 것이 아닐까.

다정하고 다감한 이해를 바탕으로

앞서 말한 김민섭 씨 찾기 프로젝트를 비롯해 몇 가지 특별한 경험을 하면서, 나는 개인과 사회에 대해 이전과는 조금 다른 규정을 하게 된다. 요약하면, 개인은 이해의 대상이지 변화의 대상이 아니라는 것과, 사회는 변화의 대상이지 이해의 대상이 아니라는 것이다. 많은 사람들이 타인을 변화시키기 위해 노력한다. 특히 스스로를 정의롭다고 여기는 사람일수록 그렇다. 자신의 기준에 벗어나는 사람들을 설득하려 하고 잘되지 않으면 그들과의 관계를 단절하고 그들을 혐오하는 데까지 나아간다. 여기에서는 '그러면 안 돼'라든가 '너 뭔가 단단히 착각하고 있는데'라든가 '나 때는 말이야'라든가, 하는 말들이 오가게 된다. 나도 사회적 관계를 맺었던 많은 사람들과 의미 없는 논쟁을 했던 많은 기억이 있다. 그뿐 아니라 사랑한다는 이유로 주변의 소중한 사람들을 변화시키려고도 한다. 그러나 대개는 실패하고 서로 실망하거나 멀어지게 된다.

내가 아는 좋은 사람들은 개인에게, 특히 연약한 시기를 겪고 있는 개인에게 어떻게 변화하라고 잘 말하지 않는다. 대신 그의 처지에서 사유하고 자신의 연약했던 시기를 기억해낸다. 내가 아는 나쁜 사람들은 연약한 개인들에게 당신들의 노력이 부족하다거나 잘못되었다거나 하며 변화를 요구하고 자신의 연약했던 시기를 추억한다. 누군가는 타인에 대한 다정한 이해를 바탕으로 사회를 변화시키고자 하고, 누군가는 타인에게 냉정한 변화를 요구하며 사회의 부조리함을 이해하고자 한다. 우리가 어느 편에 서야 할지는 명확하다.

글을 쓰며 우리가 기억해야 할 것은, 그리고 내가 글을 써나가며 기억하려고 하는 것은, 자신의 글이 어느 지점을 향하든 결국 단단한 자신을 기준으로 하며 동시에 타인에 대한 다정한 이해를 바탕으로 하고 있어야 한다는 사실이다. 그렇지 않다면 그 어떤 지식도, 지평도, 타인의 마음을 두드릴 수 없다고 나는 믿는다. 『당신이 잘되면 좋겠습니다』는 타인에 대한 다정함과 다감함을 어떠한 방식으로 전해야 하는가, 그러한 글은 어떻게 써야 하는가, 하는 데 대해 고민한 책이다. 대학에서 나와 내가 만난 여러 개인들의 모습들이 여기에 들어 있다.

'나'에서 출발한 글이 사회와 시대를 거쳐 당신에게로 갔다. 정규 앨범 같은 책들을 계속 낼 수 있을지는 잘 모르겠다. 어디로 가야 한다는 강박을 가지기보다는 여기저기를 유영해보고 싶다. 가능하다면 멀리는 나의 '세대'에 대한 글을, 그리고 가깝게는 '아이'에 대한 글을 써보려고 한다. N세대, 월드컵 세대, 88만 원 세대, MZ세대 등, 스스로를 규정해본 일이 없는 나의 세대가 어떻게 지금의 자리에 이르게 되었는지 나의 이야기를 해보고 싶고, 가장 가깝지만 가장 먼 관계인 나의 아이에 대해서도 기록해보고 싶다. 나의 세대이든 나의 아이이든, 그들에 대한 다정하고 다감한 이해를 바탕으로, 그들을 둘러싼 사회는 냉정한 변화의 대상으로 두면서.

언젠가부터 나는 '쓰는 사람'이 아니라 '말하는 사람'으로서 더 살아갔던 것 같다. 첫 책을 썼을 때 한 달에 한 번 정도 들어오던 강연 요청이, 한 달에 열 번이 되고 스무 번으로 늘어나게 되었다. 처음에는 나를 초청해준다는 고마움에 강연비라든가 지역이라든가 전혀 상관하지 않고 "고맙습니다, 정말 고맙습니다" 하고 찾아갔다. 거기에 가면 나의 책을 읽은, 나에게 호의적인, 대개는 수십 명의 사람들이 있었다. 그런 사람들과 만나는 일은 얼마나 기쁘고 고마운지. 오히려 제가 돈을 드릴 테니 계속 잘 부탁드립니다, 하고 말하고픈 심정이었다.

그들과 만나고 나면 나는 하루를 살아갈 힘을 얻어 돌아오곤 했다. 나를 모르는 사람들과 만난다고 해도 괜찮았다. 연수를 받기 위해서 아니면 강제로 동원되어서 온 사람들도 있었다. 그러면 나는 '아아, 나를 모르는 사람들에게 나를 알게 하고 나의 책을 읽게 해야지' 하는 마음으로 역시 설레었다. 그렇게 강연을 마치고 다음 날 온라인 서점의 판매지수를 확인해보면 역시 조금은 올라가 있었다.

19 계속 글을 쓸 수 있다면 무엇이든

쓰고 말하는 만큼

1년에 200건이 넘는 강연을 하게 된 지가 몇 년 되었다. 한 번에 50명의 사람과 만났다고 하면 매년 만 명의 새로운 사람과 만난 것이다. 나는 직접 운전을 해서 여기저기 참 많이도 다녔다. 그렇게 살다가 뒤를 돌아보니까, 얻은 건 돈과 독자였고, 잃은 건 건강, 가족, 그리고 무엇보다도 글을 쓸 시간이었다. 하루에 수백 킬로미터를 운전하고 사람들과 만나 말하고 나면, 결국 밤에 무언가 쓰고 생각하고 만들어낼 시간은 없었다. 다음 날을 위해 근처의 숙소에서 배달 음식을 먹고 쓰러져 잘 뿐이었다. 이전처럼 낮이든 밤이든 계속 무언가 쓰는 사람으로 살아가던 때와는, 그러니까 어떤 일을 하든 그것이 글을 쓰는 삶으로 연결되던 때와는 달라진 것이다.

이 시기의 나를 본 '헌드리더'라는 스타트업을 운영하는 지인이 어떤 제안을 해왔다. 작가를 초청하고자 하는 수요가 많으나 작가나 출판사에 개별적으로 연락하는 것 말고는 방법이 없는 듯하다, 특히 일반 독자가 작가와 만나기는 더욱 어려운 일이다, 그러니까 작가와 독자를 연결할 수 있는 서비스를 만들어보면 어떻겠냐는 것이었다. 내가 만난 도서관, 학교, 동네 서점, 여러 기관의 담당자들 역시 비슷한 말을 했다.

작가를 초청하는 일이 너무 어렵다고, 우선 어디로 어떻게 연락해야 할지를 모르겠다고. 내 주변의 작가들 역시 그랬다. 독자와 만나고 싶어 하지만 그들이 불러주기를 기다릴 뿐이다. 한 달에 한 번 정도만 말하는 사람으로 살아갈 기회를 더 만들어준다면 그들의 쓰는 삶에도 도움이 될 것이다. 그래서 좋은 글을 쓰며 성실히 살아가는 작가들을 초청할 수 있는 서비스를 만들어보자고 하고, 같은 뜻을 가진 사람들과 함께 '북크루(BOOKCREW)'라는 스타트업을 만든 때가 2019년 가을이었다.

그러나 서비스를 론칭한 지 며칠 되지도 않아 코로나19 바이러스가 찾아왔다. 모든 초청이 연기되거나 취소되었고 매출은 0에 수렴해나갔다. 아아, 어떻게 해야 하지. 메타버스 방식의 북토크를 구축해야 한다거나 독자 참여 기반의 클래스, 구독 서비스 등 이것저것을 해야 한다는 말들은 많았지만 무엇을 해야 할지 잘 알 수 없었다.

북크루를 설립할 때, 가장 많이 걱정해주었던 사람이 한국출판마케팅연구소의 한기호 소장이었다. 계속 글을 쓰고, 함께 책을 기획하고, 준비된 사람들과 예정된 일들을 해나가면 나의 삶도 더욱 좋아질 것이라고 말했다. 그는 실제로 내가 그렇게 할 만한 환경을 마련해두고 있었다. 요다 출판사가 막 설립된 때였고 김동식 작가는 하루가 다르게 성장해나갔다. 그러나 나는 그때 나뿐만 아니라 전업 작가로 살아가고자 하는 이들에게 필요한 무엇을, 그들의 지속 가능한 생태계를 만들어볼 수도 있겠다는 마음이었다. 책을 읽다가 작가와 만나고 싶을 때 어떻게 해야 하지, 하는 그 물음에도 답을 줄 수 있는, 새로운 문화를 만들어보고 싶었다. 독자와 만나고픈 작가들이 모여 있고, 그들을 만나고픈 독자들이 예를 들면 학교의 사서 교사가 아니더라도 학생들이라도 누구나 쉽게 그 플랫폼에서 작가를 초청하고 소통하고 연결될 수 있는 것이다.

그러나 코로나19의 확산과, 처음 해보는 일에서 오는 시행착오와, 작가들의 필요를 제대로 파악하기 어려웠던 여러 이유들로 인해, 마음대로 된 일은 거의 없었다. 한기호 소장이 나를 걱정했던 이유를 알 만했다. 북크루는 2023년 6월에 폐업 절차를 밟기에 이르렀다. 그렇다고 해서 아무것도 남지 않은 건 아니지만.

구독 서비스의 발견

북크루는 2020년 봄에 '책장위고양이'라는 메일링 구독 서비스를 론칭했다. 『인스타그램에는 절망이 없다』의 저자 정지우 작가가 나에게 함께 글을 써서 구독자에게 보내는 일을 소소히 해보지 않겠느냐고 제안해왔고, 두 사람이 아니라 친한 작가들과 함께 여럿이 해보면 더 재미있지 않겠느냐고 이야기 나누었고, 그러다가 북크루에 구독을 위한 베타 서비스를 만들었다. 매일 하루 한 편의 에세이를 구독자에게 메일로 보내는 것이니까, 그리 새롭다고 할 수는 없다. 이미 '일간 이슬아'가 시작된 지도 몇 년이 지난 시점이었다. 그러나 사업이라기보다는 재미와 호기심으로 접근해본 것이었고, 나의 경험상 이러한 경우 잘되는 일들이 많았다.

책장위고양이는 '에세이 메일링 캣 Shelley'라고 이름을 바꾸어 2년 가까이 지속해나갔다. 즐겁게 시작한 일치고 눈에 띄는 성과가 있는 것은 아니어서, 함께해준 작가들에게 미안한 일이 더욱 많았다. 다만 구독 서비스라는 것에 대해 누구보다도 고민해보는 시간이 됐다.

작가의 글은 대개 단행본의 형태로 독자에게 전달된다. 짧게는 몇 개월 길게는 몇 년까지, 독자는 그 작가가 무엇을 쓰는지 알 수 없고 작가도 무엇을 쓰는지 알리기 어렵다. 안다고 해도 그저 기다릴 뿐이다. 결국 종이책에 모든 게 달려 있다. 이것이 잘되어야 글도 잘되고 작가도 잘된다. 책만을 중심으로 한 출판의 생태계에, 조금 더 정확히 말하자면 한 작가가 지속 가능한 글 쓰는 삶을 영위하는 데에, 구독 서비스는 긍정적으로 작용할 수 있을 듯하다.

우선 작가는 책이 출간되기 이전부터 일정한 수입을 얻을 수 있다. 많든 적든 자신이 쓰는 글로 매달 구독료를 받을 수 있기 때문이다. 100명에게 월 5,000원씩만 받아도 50만 원, 1만 5,000원짜리 책이 매달 400부 팔리는 인세와도 같다. 단순히 수입 때문이 아니더라도, 작가는 자신의 가장 가까운 독자들에게 글을 공개하면서 꾸준히 글을 써나갈 수 있고, 독자는 자신이 사랑하는 작가의 글이 완성되는 과정을 공유할 수 있다. 작가가 자신의 글을 무료로 누구나 볼 수 있는, 예를 들면 신문, 잡지, SNS, 인터넷 커뮤니티 게시판, 블로그 등에 연재하다가 좋은 반응을 얻어 출간하는 일은 있었다. 그러나 그런 경우 너무 많은 사람들에게 글의 전문이 노출될 뿐 아니라 창작을 위한 동력 역시 자신의 열정만으로 이어가야 한다. 계약 관계로 맺어진 구독료는 단순히 수입을 의미할 뿐만 아니라 계속 글을 써나가야 할 일상의 동력이 된다. 출판사 측에서도 작가의 구독 모델을 통한 연재와 종이책 출판은 매력적이다. 모두에게 무료로 풀리는 게 아니라 구독료를 낸 소수의 독자에게만 글이 공개되고, 그들은 대개 글을 다 읽었어도 반드시 책을 구매할 독자들이기 때문이다. 이미 글이 좋아서가 아니라 작가 개인이 좋아서 모인 사람들이다.

2021년에 네이버에서 '프리미엄콘텐츠'라는 서비스를 론칭했다. 독자는 마음에 드는 채널에 월 구독료를 지불하는 것으로 거기에 올라온 글과 앞으로 발행될 글을 읽을 수 있다. 나도 여기에 '다감한 르포, 김민섭'이라는 개인 채널을 열었다. 월요일과 목요일마다 한 편의 글을 올린다. 월 4,900원의 구독료를 내고 주 2회 발행되는 나의 글을 받아보는 사람들이 있다. 나는 개인들을 다감하게, 사회를 냉정하게 바라보자는 원칙을 세우고 나의 일과 삶과 사유를 전한다. 처음 연재를 시작하고는 실로 오랜만에 설레는 것이었다. 나에게 호의적이고 나의 글을 사랑하는, 나를 읽어줄 당신들에게 지금의 나를 보낸다. 한 권의 책을 출판하는 것만큼이나 설레는 나날들이다.

작가 개인을 구독하는 일이, 더 좋은 책을 빠르게 만드는 데 닿으며 선순환을 일으킬 수 있으면 한다. 즐겁게, 꾸준히, 할 수 있는 일이니까, 나도 덕분에 계속해서 쓰는 사람으로 살아가고자 한다.

20

어디서든, 매일,
쓸 만한 몸으로

대리운전을 시작하고 『대리사회』라는 책을 쓴 것이 벌써 7년 전이다. 오랜 시간이 지났다. 지금은 대리운전을 하지 않아도 될 만큼 형편이 나아졌느냐고 하면, 절반은 그렇고 절반은 그렇지 않다. 얼마 전 강릉으로 이주한 이후 KTX를 타고 오가는 비용이 적지 않다. 왕복 5만 원 이상이 나오니까 한 달에 네 번이면 20만 원, 거기에 지하철이나 버스 등 대중교통을 이용하는 비용이 별도로 붙는다. 그래서 강릉에서 서울로 가는 대리운전 콜이 나오면 탄다. 대리운전 비용이야 그때그때 다르지만 그래도 15만 원 안팎은 되니까 한 달에 한 번만 타도 그 비용이 상쇄된다. 월요일 저녁마다 서울 강남 '최인아 책방'에서 글쓰기 클래스를 한다. 저녁 9시 반에 강남에서 대리운전 앱을 켜면 수도권 어디든 갈 수 있다. 이래저래 일과 삶을 연동해나가며 계속해서 일한다.

쓸 만한 사람의 몸

지난해 tvN의 〈유 퀴즈 온 더 블럭〉에 출연한 뒤로는 강연 요청이 늘었다. 내가 뭐라고 나를 불러 주시는 게 고마워 참여자들이 책을 읽고 온다고 하면 거의 응한다. 그러다 보니 강릉-울산-인천-대구-강릉 하는 식으로 움직여야 하는 일이 많다. 대체 누가 이런 일정을 짰나 생각해보면, 결국 어제의 내가 내일의 나에게 떠넘긴 것이다. 강연비에 관여치 않고 움직인다지만 오가는 교통비와 숙박비만 해도 적지 않다.

그런데 얼마 전부터는 탁송을 타고 움직이고 있다. 대한민국의 자동차들은 여기저기로 움직인다. 신차뿐 아니라 중고차를 딜러나 개인에게 가져다주기도 하고, 오래된 차를 폐차장으로 가져가기도 한다. 수출될 차들은 무역항이 있는 인천

송도유원지로, 중고차들은 수원이나 오산 등 대형 매매 단지로, 폐차될 차들은 양주나 동두천으로 주로 가게 된다. 탁송보험에 가입한 이후 이동의 자유를 얻은 듯하다. 아침에 탁송 리스트를 보고 강연하러 가야 할 지역과 가까운 것을 고른다. 강연이 끝나고 나면 오후 탁송 리스트를 보고 다음 지역으로 이동한다. 타인의 차를 타고, 대중교통보다 더욱 빠르게, 내가 가야 할 곳으로 이동하면서 돈을 받는다.

이렇게 하면 이동 비용으로 지출해야 할 마이너스 100만 원이 플러스 100만 원으로 바뀐다. 같이 일하는 서점의 20대 매니저에게 말하자 그는 "저 〈슬램덩크〉라는 만화에서 봤어요. 백호 군이 리바운드를 잡으면 우리 팀은 마이너스 2점이 아니라 플러스 2점, 그래서 플러스 4점의 효과를 얻는다. 그러니까 대장님이 강백호인 거잖아요!"라고 말해 나를 웃게 만들었다.

사실 쉬운 일은 아니다. 강연이 끝나고 다음 강연을 해야 할 지역의 탁송콜을 찾고 움직인다. 차를 확인하고 자동차등록증과 매매용 인감증명서를 받고 차의 사진을 열 장이나 찍고 출발한다. 남부 지방에서 수도권으로 가는 데는 네다섯 시간이 걸린다. 중고차 매매 단지나 폐차장에 주차하고, 서류를 제출하고, 인수 서명을 받고, 차 사진을 다시 열 장 찍고 나오면 늦은 시간이다. 숙박 앱을 켜고 가장 저렴한 숙소를 찾고, 편의점에서 도시락을 사고, 숙소에 들어가 그날 써야 할 원고를 마감한다.

대중교통을 타고 움직이면 몸은 편하고 조금 더 무언가를 할 수 있다는 걸 안다. 그렇게 푼돈을 벌 시간에 휴식하고 할 일을 더 하는 게 남는 장사라는 사람들도 있다. 그러나 언젠가 『나는 지방대 시간강사다』라는 첫 책에 써두었듯, 사는 동안 일정 강도 이상의 육체노동을 반드시 하고 싶다. 나처럼 부족한 사람은 그래야 겸손해지고 타인의 처지를 보게 된다. 언젠가 매니저를 두고 큰 차를 타고 움직이는 상상도 잠시 해보았으나 그러면 나의 글도 그렇게 누군가에게 기대야 하지 않을까. 나는 그렇게 쉰다고 해서 더 좋은 무언가를 만들어낼 만한 사람도 아니다. 다른 사람의 도움 없이 온전히 나의 몸과 마음을 다해 하루를 살아가고프다. 그러면 그날도 조금은 쓸 만한 사람의 몸이 되지 않을까.

매일 쓰는 삶과 좋은 하루

많은 작가들이 매일 쓰는 삶의 중요성에 대해 말한다. 그러나 매일 쓰는 삶은 매일 좋은 사람으로 하루를 살아가는 데서부터 시작된다. 내가 나로서 오늘 하루를 살아갔다면 반드시 쓰고 싶은 무언가가 생긴다. 적어도 나로서 선택한 게 하나라도 있는 하루, 작은 물음표라도 만들어내고 답해보았던 하루. 그러한 하루는 내가 설정한 삶의 방향과 결을 같이하며 앞으로 나아간다. 나를 닮아가는 길이면서 동시에 끊임없이 성장해나가는 길이기도 하다. 그러면 타인에게 들려주고픈 이야기가 생기고 그 과정에서 발견한 나의 감정들도 섬세히 기록해나가고 싶어진다. 무언가 쓰기 위해 자리에 앉았다고 해도, 그 하루가 타인으로 가득한 하루였다면, 해야 해서 하는 일들을 관성적으로 하고 마감한 하루였다면, 누구라도 공허해지고 만다. 아침부터 늦은 밤까지 몇만 보를 걷고 해야할 일을 하고 들어왔다고 해도, 스스로의 선택이나 질문 없이 살아낸 하루라고 하면, 그건 그저 바빴을 뿐 정체되거나 후퇴한 하루다.

매일 쓰는 삶이란 결국 좋은 하루를 살아낸 사람만이 쓸 수 있는 것이다. 좋은 사람으로 나로서 하루를 살아내야 우리는 계속 글을 쓰고 자신의 세계 안에서 이야기를 만들어나가며 성장할 수 있다. 타인의 틀 안에서 살아간 자신을 예쁘고 멋지고 즐거운 언어로 기록한다고 해도 그건 별 의미가 없는 일이다. 내가 쓰는 일을 업으로 삼고 있으면서도 매일 쓰지 못하는 까닭은 좋은 사람으로 살아가야 한다는 그 단순한 일을 잘하지 못하고 있기 때문일 것이다.

얼마 전 관공서 강연이 끝나고 KTX를 타지 않고 탁송콜을 타고 이동했다. 청도에서 인천의 송도유원지까지 가서, 술탄이라는 청년에게 밤늦게 차를 인도하고, 주유비까지 16만 원을 받고, 인근의 숙소에서 하루 잤다. 고마워 술탄, 그 차 와이퍼가 잘 작동 안 해서 소나기 내릴 때 죽을 뻔하긴 했지만 괜찮더라, 비 안 오는 나라에 좋은 가격에 팔아. 다음 날 강연 담당자에게 연락이 왔다. KTX 영수증이 없으면 교통비 명목의 지급이 안 된다고. 아아, 그날은 그냥 기차를 탈 걸 그랬다.

21

동네 서점을
열다

어린 시절, 그러니까 90년대 초, 집에서 나와 성미산 자락을 타고 내려오면 작은 골목이 나타났다. 나는 그 길을 갈 때면 자전거를 탔다. 아버지가 성서초등학교 운동장에서 안장을 잡고 함께 뛰어준 나의 첫 자전거였다. 언젠가부터 나는 누구의 도움 없이도 그럭저럭한 비탈길을 내려가게 됐다. 그만큼 자란 게 아마도 열 살 즈음이었을 것이다. 골목을 지나, 건물과 건물 사이 간신히 사람이 지나갈 만한 너비의 개골목을 지나면, 오른쪽엔 동해문구사가, 왼쪽엔 혜원약국과 천안문고가 있었다. 몇 개의 가게가 더 있었겠으나 잘 기억나지 않는다. 내가 살면서 자주 갔던 세 개의 가게가 그것이었다. 장난감, 약, 책, 어린아이의 삶이란 그 세 가지만으로도 충족된다.

어린 시절의 꿈 같은 공간들

동해문구사 아저씨는 정말 동해에서 온 것 같은 사람이었다. 문방구에 있다 보면 어린 나이에도 그의 시원함이 바닷바람처럼 불어왔다. 쾌활함, 그 단어를 대입할 만한 최초의 인물이었다. 30대 중후반이었을 것 같은 그는 오우, 누구 왔어, 뭐 사러 왔어, 하고 은근한 말길과 눈길을 주었다. 다만 그의 아내는 바다와는 거리가 있어 보여서, 닮은 사람이 부부가 되는 게 아닐 수 있겠다고, 그들을 보며 짐작했다.

혜원약국의 약사님은 50대 여성, 이었던 것 같다. 그는 항상 조금 찌푸린 얼굴을 하고 있다가, 이건 어떻게 먹어야 하는 약이라고 조곤조곤 설명해주었다. 1990년대의 가루약이란 쓴맛이 가득한 것이어서 나는 그를 그렇게 쓰게만 기억하고 있는지도 모르겠다. 그래도 언제나 하얀 가운을 입고, 콩콩콩, 무언가를 찧고, 밀봉된 줄줄이 반투명 비닐을 내미는 그의 모습은 신뢰의 상징이었다.

그러나 어디에도 들르지 않고 혜원약국의 짧은 차도를 건너 한 블록 옆, 거기에 천안문고가 있었다. 내가 가장 많이 찾은 망원동과 성산동의 가게란 바로 그곳이다. 그 시절에는 천안이 어딘지도 몰랐으니까, 왜 가게 이름이 그런가 궁금하지도 않았고, 천이 하늘이란 뜻인가 강이란 뜻인가 싶었다. 거기에 들어가면 흰 장갑을 낀 30대 여성이 나를 반갑게 맞이해주었다. 그는 책을 만질 때면 항상 장갑을 꼈다. 울긋불긋한 목장갑이 아니라 정말로 하얀, 그리고 눈부신 장갑이었다. 그를 표현할 단어라고 하면, 그래, 단아함이겠다. 그의 말투도 단아했다. 내가 서가를 돌아보고 있으면 그는 나를 바라보다가 "찾는 책이 있어요?" 하고 물었고, 내가 계산할 때면 "이 책 나도 참 재미있게 읽었어요"라든가 "재미있게 읽어요"라며 웃어 보였다.

내가 많이 샀던 책은 '흡혈귀 니콜라 시리즈'와 '김선비 으아으아 시리즈'와 '셜록 홈스 시리즈'였던 것 같다. 책 한 권의 가격이 2,000원이던, 짜장면 한 그릇의 가격이 1,500원이던, 그리고 내 아버지의 월급도 100만 원이 넘지 않던 그런 한 시절이었다. 책을 한 권 사서 나와 걷다 보면 겨울엔 붕어빵이나

고구마를 파는 드럼통 세운 노점상이 있고, 어머니가 들어올 때 붕어빵을 사 오라고 준 1,000원을 내면 열세 개의 붕어빵을 주었다. 나는 그 붕어빵을 자전거의 핸들 고리에 걸고 다시 집으로 돌아갔다.

천안문고가 사라졌을 때, 나는 신촌문고나 아마도 교보문고에 있었을 것이다. 고등학생이 되고부터는 자전거가 아닌 버스를 타고 광화문까지 가서 교보문고의 매대에서 책을 읽기 시작했다. 그러면서 무언가 어른이 된, 그런 기분이 되었다. 그러는 동안 동해문구사는 자전거포가 되었고, 혜원약국은 편의점이 되었고, 천안문고는 핸드폰 판매점이 되었다. 이제 문방구에 가려면 아트박스를 검색해 지하철을 타야 하고, 약국은 버스 한 정거장 거리에 있고, 서점은, 글쎄, 천안문고만 한 규모의 동네 서점이란 존재하지 않고 신촌 홍익문고까지는 가야 할 듯하다. 이제 쾌활함과, 신뢰와, 단아함이 공존하는 거리가 어디인지 나는 잘 알지 못한다. 내가 살던 동네의 마음이란 나의 어린 시절처럼 아득하다. 내가 꿩을 잡으러 다니던 성미산부터도 산이 아니라 산책로가 되어버렸다.

우리의 삶은 결국 '함께' 이야기를 만드는 여정

2023년 4월에, '당신의 강릉'이라는 서점의 주인이 되었다. 바다가 좋다는 아이의 말에, 그래 아빠는 노트북만 있으면 어디서든 살 수 있는 사람이니까 그렇게 하자고, 2021년에 강릉으로 이주했다. 북크루 사무실에 출근하느라 평일에는 거의 서울에 있었으나 2023년 봄부터는 폐업을 준비하며 강릉에만 있었다. 글을 쓸 작업실을 구하다가, 문득 어린 시절의 꿈이 떠올랐다. 서점 주인이 되어보는 것이었다. 강릉역에서 10분 거리의 작은 공간 하나를 임대하고 서점 사업자 등록을 마쳤다.

그런데 책을 팔고자 해도 이 작은 서점에서 책을 사야 할 이유를 나부터도 찾을 수가 없었다. 당장 교보문고에 가면 더욱 싸고, 빠르고, 편하게 책을 살 수 있다. 어떻게 해야 할까. 누군가가 선의와 호의로 들러주기는 하겠으나 거기에 기대 살아갈 수는 없는 일이다. 작업실로만 써도 그만이긴 하겠으나 서점 오픈을 앞두고 걱정이 많아졌다.

아이들과는 집에서 5분 거리의 송정해변에 자주 나갔다. 열 살, 일곱 살, 두 아이들은 바다에서 잘 뛰어놀았다. 그들이 바다에 있는 것만으로도 좋은 학원에 보낸 그런 기분이 되었다. 어느 날 해변을 걷던 둘째가 무언가를 들고 뛰어왔다. 보석을 주웠다는 것이었다. 살펴보니 정말로 작은 조약돌 크기의 보석 같은 게 반짝였다. 나중에 그것이 바다유리라는 것을 알았다. 우리가 버린 유리병이 바다에서 깨져 마모되어 해변으로 올라온 것이라고 했다. 아이의 취미는 그 보석을 줍는 게 되었다. 나는 그런 아이에게 쓰레기봉투를 하나 들려주었다. 바다에서 얻는 것만 있으면 안 되고 착한 일도 좀 해야 한다고. 그래서 아이는 주말마다 한 손에는 쓰레기봉투를, 한 손에는 바다유리 채집통을 들고 해변을 걸었다. 몇 달이 지나 수천 개의 바다유리를 모은 그는 말했다. 자신 덕분에 우리 집이 부자가 된 것 같으니 이제 아빠가 나가서 이것을 팔아 오라고. 그것이 쓰레기이고 누구도 사지 않을 것이라는 말을 할 수가 없어서, 그러겠다고 답했다.

서점 오픈을 앞두고 친구가 방문했다. 그는 내가 가져다 둔 바다유리를 보더니 자신이 공예를 배운 적이 있다고 도와주겠다면서 거기에 펜으로 그림을 그렸다. 거기에 그가 며칠 뒤에 가져온 레진액을 바르고 건조기에 돌리고 나니까 정말로 예쁜 바다유리 공예품이 완성됐다. 그것을 당신의 강릉에서 책을 사는 사람에게 증정하거나 판매하기로 했다. 이 서점은 단순히 책만 파는 공간이 아니라 이야기를 파는 공간으로서 첫 장을 시작했다. 여기에서 책을 사면, 불편하고 비싸고 늦기까지 하겠으나, 그때마다 강릉의 바다가 조금은 깨끗해진다고. 당신이 해변 청소를 할 수는 없겠지만 책을 한 권 사는 것으로 아이들의 청소를 지속 가능한 것으로 만들 수 있다고.

그리고 이 5평이 간신히 되는 서점에서 어떤 이야기를 더 만들어갈 수 있을까. 글을 쓰고, 책을 기획하고, 책을 만들고, 작가와 독자와 만나는 일을 계속해오는 동안, 사람들이 이제는 타인의 책을 읽는 데서 나아가 자신의 책을 만들어보고자 한다는 것을 알았다. 어느 때보다도 그런 욕망이 커진 듯하다. 동네 서점은 동네 사람들에게 책을 파는 곳이면서 그들의 이야기를 기록하고 전시하고 판매하는 곳이 될 수 있다. 소량만 제작해 작가에게 증정하고 몇 부는 서점에 두고 팔면 된다. 잘 팔리지는 않겠지만 그가 친구들에게 우리 동네 어느 서점에 가면 내가 쓴 책이 있어, 하고 말할 수 있을 것이고, 누군가는 와서 그의 책을 찾을 것이다. 그때마다 책이 팔렸다면서 인세를 주고 다시 소량 인쇄를 해서 서점에 들여놓으면 되는 것이다. 책은 절판되지 않고 계속 한 사람의 이야기로 전시된다.

서점의 한 책장을 그런 책으로 가득 채울 수 있다면 어떨까. 나는 당신의 강릉을 찾는 동네 사람들과 '책 쓰기 프로젝트'를 함께해보기로 했다.

서점 문을 열고 가장 기억에 남은 순간이 있다. 평일에는 일정이 많아 매니저 김지은 씨가 근무한다. 그는 대학에서 나에게 글쓰기를 배운 사람이다. 그러니까 민망하지만 제자, 인데, 그가 강릉에 이주했다는 걸 알았다. 그가 서점 오픈을 앞두고 놀러 왔고 디자인을 전공했던 그가 책 디자인 일을 하고 있다는 것도 알았다. 내가 함께 일해보고 싶다고 하자 그는 기다리고 있었다고 했고, 그렇게 그가 매니저가 되었다. 어느 날 함께 서점에 앉아 나는 바다유리를 정리하고 그는 책을 디자인하고 있었다. 서점 바깥으로 80대쯤 되어 보이는 여성이 지팡이를 짚고 허리를 구부리고 걸어갔다. 그 순간 지은이가 말했다. "할머니, 들어오셔서 책 보고 가세요!" 나는 당황스러웠다. 그 할머니가 서점에 들어올 일은 없을 것이다. 할머니는 서점 문 앞에 서서 잠시 안을 들여다보더니 "아이, 나는 글을 읽을 줄 몰라" 하고는 쑥스럽다는 듯 웃었다. 그래, 괜히 그런 말을 해서 서로를 민망하게 했다. 그러나 지은 매니저는 조금 더 밝은 목소리가 되어 말했다. "제가 읽어드리면 되죠!" 나는 그 순간 눈물이 날 것 같아서 시선을 거뒀다. 그 할머니는 언제 마지막으로 우리 서점에, 우리 공방에, 우리 가게에 들어오세요, 하는 말을 들었을까. 앞으로 다시 또 언제 들을 수 있을까. 할머니는 잠시 서 있다가 다시 갈 길을 갔고, 나는 지은이에게 고맙다고 말했다.

이 작은 공간에서 조용히, 꾸준히, 나의 이야기를 만들어나가려 한다. 그러면 누군가는 곁에 와서 앉을 것이고, 그러면 그들과 함께 그 이야기를 연결하고 확장해나갈 수 있을 것이다. 돈이 되는 일보다 어제보다 조금 더 이야기를 만들어내는 일이 우리의 삶에는 필요하다. 앞으로 내가 살아갈 '쓸 만한' 삶의 방식이다.

책 쓰기는 결국
사람에게 가닿는 일이다

얼마 전 김동식 작가가 말했다. 서점을 여셨다고 들었는데 잘되길 바란다고. 그가 일정이 없는 주말에 들러 서점에서 북토크라도 한번 해준다면 큰 도움이 되긴 할 것이었다. 서점에서 행사를 한번 같이하자고 하자 그는 흔쾌히 응했다. 그러나 한두 시간짜리 북토크를 하며 한정된 사람들과 만나고 끝내기엔 무언가 아쉬웠다. 나는 그에게 물었다. 작가님, 『회색 인간』으로 벌 만큼 버셨죠, 하고. 『회색 인간』은 얼마 전 89쇄를 찍었으니 작가도 출판사도 벌 만큼 벌었을 것이다. 무엇보다 나도 요다 출판사에서 업계 최고 수준의 기획인세를 책정해준 덕분에 벌 만큼 벌었다. 타인의 기준에선 어떠할지 모르지만 한 달에 80만 원을 겨우 벌던 나에게는 과분한 금액이다.

그래서 그에게 말했다. 같이 작은 행사를 해보자고, 서점 옆 한옥 스테이에 숙박을 끊어줄 테니 서점에 이틀 동안 머물러 달라고, 내가 절반을 낼 테니 작가님이 절반을 내서 서점(당신의 강릉)에 오는 모든 사람들에게 책을 증정해주면 어떻겠느냐고. 그러자 그가 답했다.

"그냥 제가 다 낼게요."

그래, 이런 사람도 있는 법이다. 자신의 잘됨을 (자신의 오늘을 만든) 사람들과 나누고자 하는. 나는 그에게 절반씩 내자고 말했고, 그가 서점 당신의 강릉에 왔다.

김동식 작가는 서점 옆 숙소에 짐을 풀었다. 서와정은 오픈을 앞둔 한옥 스테이다. 사장님은 그를 위해 독채를 비워주었고, 김동식 소설집의 원화를 그린 최지욱 작가의 허락을 받아 가져온 열 컷의 원화를 전시할 수 있게 해주었고, 방문객에게 주겠다고 다과를 준비하기도 했다. 오는 사람들은 SNS에 '#서와정'과 '#당신의강릉'을 함께 달기로 했으니까, 오픈을 앞두고 서와정도 서점도 조금은 홍보가 될 것이었다.

행사는 2023년 5월 28일 오전 10시부터 29일 오후 1시까지였다. 28일 오전 9시 반, 서점에 도착한 김동식 작가가 말했다. "제 생각엔 한 20명쯤 오실 것 같습니다. 저를 보러 강릉까지 오실 분들이 그렇게 많지 않을 겁니다." 그러나 오전 10시가 되기도 전에 10여 명의 사람들이 찾아와 줄을 섰다. 아, 이게 오픈런이라는 것이군요. 그들은 서와정에서 원화 전시회를 보고, 툇마루에 앉아 한과와 음료를 먹고, 서점에 들어와 김동식 작가와 만났다. 『회색 인간』과 신작 『인생 박물관』 중 한 권을 골라 서명을 받고 궁금했던 것을 묻고 사진을 찍고, 상기된 표정으로 돌아갔다. 오후 1시가 지나자 매니저인 지은이가 말했다.

"대기 번호가 20번까지 생겼어요."

그들은 서울, 일산, 인천, 용인, 안산, 수원, 천안, 경주, 포항에서 왔다. 오직 이 서점에 오기 위해 아침에 출발했다가 다시 저녁에 돌아갈 예정인 사람들도 많았다. 내가 강의를 갔던 인천 부광여자고등학교에서는 세 명의 학생이 찾아왔고 일산 가좌고등학교에서도 한 명의 학생이 찾아왔다. 그리고 강릉에서, 속초에서, 주문진에서, 동해에서, 삼척에서 많은 사람들이 왔다. 절반은 김동식 작가가 강릉중학교, 관동중학교, 강원도교육연수원 등에서 강연했을 때 듣고 다시 왔다고 했고, 절반은 내가 삼척교육문화관이나 강원도교육연수원 등에서 한 강연을 듣고 왔다고 했다.

"아, 제가 생각 못 한 게 하나 있었네요. 김민섭 작가님을 보고 강릉에서 오는 사람들을 계산 못 했습니다."

저녁에는 요다 출판사의 한기호 소장이 왔다. 그와는 내가 첫 책인 『나는 지방대 시간강사다』를 출간했을 때부터 인연을 맺었고 그 이후 김동식 작가의 책 출간과 이런저런 일들을 함께해왔다. 그러나 단순히 이렇게 정리하기는 어렵고, 그가 나를 많이 도와주었다. 8년 가까이 봐온 그인데, 그가 이렇게 기뻐하는 모습은 처음 본 듯했다. 계속 웃었고, 밥과 커피를 사주려 했고, 몇 번이나 서점의 미래란 이런 것이다, 라는 말을 하면서, 또 계속 웃었다.

서점 옆에서 화초를 키우는 노부부가 서점에 왔다. 사실 내가 잡아끈 것이다. 늘 고맙다고, 덕분에 서점이 잘되고 있다고, 오늘 서울에서 유명한 작가님이 오셨는데 책 한 권을 선물하고 싶어 한다고. 그들은 각각 한 권씩 책을 선물 받아 갔다. 늘 보는 화초 같은 얼굴을 한 그들인데 그 이름을 오늘 알았다. 철물점 할머니가 말했다. 왜 나에겐 책을 안 주느냐고. 지은이가 철물점 할머니뿐 아니라 골목의 할머니들을 모두 모시고 왔다. 그런 그들을 한결같은 말과 태도로 맞이하는 김동식 작가는 또 얼마나 봄날의 햇빛 같은 사람인가. 서와정 사장님도 한과와 떡을 골목의 사람들에게 돌렸다.

이 행사는 다음 날 오후 2시가 되어서 끝났다. 예정보다 한 시간이 더 걸렸다. 이 강릉의 작은 서점에 이틀 동안 220명이 다녀갔고 200권의 책을 받아 갔다. 기차역에 이르러 김동식 작가가 말했다.

"이 서점은 책이 아니라 김민섭이라는 사람을 파는 곳이네요."

한기호 소장이 곁에서 감탄하며 나에게 그런 것이냐고 물었고 그렇다고 답했다. 당신의 강릉에서 내가 팔기로 한 건 책이라기보다는 김민섭이라는 사람이다. 언젠가부터 책을 쓴다는 게 좋은 문장만을 쓰는 일이 아니라는 걸 알았다. 필요한 건 결국 스스로 단단하게 잘 살아가는 일이다. 내가 옳다고 믿는 삶의 태도를 견지하며 즐겁게, 꾸준히, 무해하게 살아가는 일. 그러면 쓰고 싶은 이야기가 생기고 함께 쓰고자 하는 사람들이 곁으로 온다. 나는 그러한 나를 기록하고 곁에 온 사람들이 스스로를 기록하는 걸 돕는다. 동네 서점이라는 곳이 동네 사람들의 선의에 기대 책을 파는 곳으로 인식되어서는 안 된다. 그러한 걱정을 딛고, 그들의 이야기를 만들고 전시하고 판매할 수 있는 곳이 되었으면 한다. 서점은 이야기를 만들어나가는 공간이고 그렇게 하나의 좋은 책이 되어야 한다.

하나의 기억이 있다. 언젠가, 내가 초등학생이던 시절, 아버지가 말했다.

"그 사람들이 그걸 왜 공짜로 줘. 세상에 그런 사람들은 없어."

게임기를 공짜로 주겠다는 사람들이 있어서 다녀오겠다고 하자 들은 말이었다. 실제로 그들은 초등학생들을 모아 학습지 설명회를 듣게 하고 부모님이 결제를 마쳐야만 조악한 게임기 같은 것을 주었다고 했다. 그때 내가 느낀 건 배신감, 실망, 그런 것이기도 했지만, 내가 언젠가 잘되면 내가 가진 걸 그냥 주겠다고 해야지, 그래서 그런 사람도 있다는 걸 말해줘야지, 하는 것도 있었다. 아버지께 말하고프다. 세상엔, 자기 가진 걸 나누고자 하는 사람들도 있고, 당신의 아들은 그런 삶도 가능하다는 걸 증명해나가고 있다고. 그리고 그런 사람들과 함께 그러한 삶의 태도를 확장해나가고 있다고.

나는 좋은 글을 쓰고프다. 그래서 한동안 좋은 문장을 쓰기 위해 노력해왔다. 그러나 좋은 글은 좋은 삶을 살아내는 데서 나온다는 것을 알았다. 스스로 선택하는 삶을 살아가고자 할 때, 스스로를 향한 물음표를 만들어내고 답하는 삶을 살아가고자 할 때, 사람은 쓰고 싶은 글이 생긴다. 옮겨 적고 나면 그건 자연스럽게 매력 있는 글이 된다. 나는 이제 좋은 글을 쓰기 위해 노력하지 않는다. 작가니까 억지로라도 글을 써내야 한다는 부담을 가지지도 않는다. 다만 어제보다 조금 더 좋은 사람으로 살아가고자 하면 보다 좋은 글을 쓸 수 있을 것으로 믿는다.

작가와 함께 책을 증정하는 행사는 계속해보고프다. 매달 마지막 주 토요일부터 일요일까지, 이 서점을 찾는 모든 사람에게 책을 증정하고 작가를 만나 서명도 받고 사진도 찍는다. 사실 그날 왔던 사람의 절반은 이 서점의 이야기에 함께하기 위해서 왔다. 그런 마음들을 알기에, 다음부터는 이미 잘된 작가보다도 내가 잘되기를 바라는 작가를 초청하려고 한다. 이런 좋은 사람의 글이 있으니 함께 읽어보자고. 그때는 서점이 조금 더 돈을 부담해야겠다. 그 작가의 잘됨이 서점의 잘됨이 될 것이고 나는 계속 글을 쓰고 책을 만드는 사람으로 살아갈 수 있을 것이다.

당신은 제법 쓸 만한 사람

2023년 8월 28일 1판 1쇄 발행
2023년 11월 20일 1판 3쇄 발행

지은이	김민섭
펴낸이	한기호
책임편집	도은숙
편집	정안나, 유태선, 김미향, 김현구
마케팅	윤수연
디자인	북디자인 경놈
경영지원	국순근
펴낸곳	북바이북
	출판등록 2009년 5월 12일 제313-2009-100호
	주소 04029 서울시 마포구 동교로 12안길 14(서교동) 삼성빌딩 A동 2층
	전화 02-336-5675 팩스 02-337-5347
	이메일 kpm@kpm21.co.kr
	홈페이지 www.kpm21.co.kr

ISBN 979-11-90812-54-2 (03800)